U0570321

蘇文忠公策選・蘇長公表啓・蘇長公密語

遼寧省圖書館藏陶湘舊藏閔凌刻本集成

1

遼寧省圖書館 編

中華書局

圖書在版編目（CIP）數據

蘇文忠公策選·蘇長公表啓·蘇長公密語：全 4 册 / 遼寧省圖書館編. — 北京：中華書局，2017.1
（遼寧省圖書館藏陶湘舊藏閔凌刻本集成）
ISBN 978-7-101-12056-1

Ⅰ. 蘇… Ⅱ. 遼… Ⅲ. 蘇軾（1036 ~ 1101）—文集
Ⅳ. I214.412

中國版本圖書館 CIP 數據核字 (2016) 第 195426 號

責任編輯：張　進
技術編輯：靳艷君

中華書局

古逸英華

遼寧省圖書館藏陶湘舊藏閔凌刻本集成

蘇文忠公策選·蘇長公表啓·蘇長公密語

（全四册）

遼寧省圖書館 編

*

中 華 書 局 出 版 發 行
（北京市豐臺區太平橋西里 38 號　100073）
http：//www.zhbc.com.cn
E-mail：zhbc@zhbc.com.cn
三河弘翰印務有限公司印刷

*

889 × 1194 毫米 1/16 · 108⅝ 印張
2017 年 1 月北京第 1 版　2017 年 1 月第 1 次印刷
定價：3200.00 元

ISBN 978-7-101-12056-1

第一册目録

蘇文忠公策選十二卷（卷一—卷八）

（宋）蘇軾 撰
（明）茅坤、鍾惺 評

明閔氏刻三色套印本

原書高二十九點四釐米，寬十九釐米；

板框高二十點三釐米，寬十四點七釐米。

蘇長公策論叙

夫文章之道而不違於用即吐吞雲夢雕落太空揔之無當於文故有裴為詩謌著為牋奏碑銘其所為流連揚詡即一人美醜一事佳惡亦足以感人之性情而溪其懲勸而要所

為今古天人朝廟邦國以及士類兵
農其善敗有端利害有本犂然著
於册而其用大而有力者莫論策若
矣夫自過秦王命天人治安而下其
琅琅學人之口者蓋不知其幾而縱
橫揚扢懇款委詳蔚乎心胸手口

閒而卓然可著廊廟其有宋坡公
者哉公處熙寧元豐時天下漸已
多故其所為論著條奏亦曙乎當
時善敗利害之原而以古今必然之
畫為一時捄時之務亦何嘗持偷
歲之穀寒年之帛以援飢仰飽冷

需衣之衆而弃亦在用與不用之間肰從古無無事之天下其所為先事而持而究不至於多故者恃有理道之用則古今天下一熈寧元豊之天下令治者讀之足以為治而亂者讀之亦足以為治蓋其為用易治

而雜亂也吾觀棄伯一策士耳當時謂實其言可長晉國況如坡公者而古今天下之籍籍又何如哉山谷有言嘻笑噁罵都成文章亦言其流連寄託之文耳而公亦自謂我文如萬斛源泉隨地可出一瀉千里亦

言其文未著其用也而世之論眉山者以老泉子由比班氏父子而以長公比司馬子長又有謂公之文大要讀南華而得之者夫有莊之洸洋而去其誕有遷之淵覈而著為畫是則坡公之論策而已矣余友文起精心

此道并欲出以公世於以揭而出之以見坡公之為用與古今天下之用坡公者端於此有賴焉

菰城沈緒蕃漫言

敘

東坡先生集中所著論策一百餘篇羽翼經史闡析理道近裨時務遠備邊切當時仁廟讀之未嘗不嘆為奇卞至其因時制宜視病發藥在嘉祐則務變更在熈寧則務安靜在元佑

則主免役一是之從而不徇人爲愛憎仁人之言其利溥矣半山翁與先生議論相左然自黄州歸訪於鍾山與先生劇譚屢日不猒至約卜隣以老非其忠讜愷直有以服人之深何以致此若夫文之春容逸宕奇偉淵

慱如萬斛流泉九霄瑞露豈止為後生小子膾炙以潤塲屋華端而已笞唐宋文人注意時務諸家纂述如太平論金鏡策論膾策林等書非不燦肰指掌肰皆摽竊帖括取辦一時何如先生議論𡧪本炳烺萬世真為經

濟名言鹿門伯敬兩公許雋品題于

先生獨窺其溪雖標指各有徽意總

不減林杜之於左氏吾叐文起遴而

合梓之有裨今日學者之實用伯敬

先生謂趣之一字不足以盡東坡之

文然則是刻也其以趣字讀東坡文

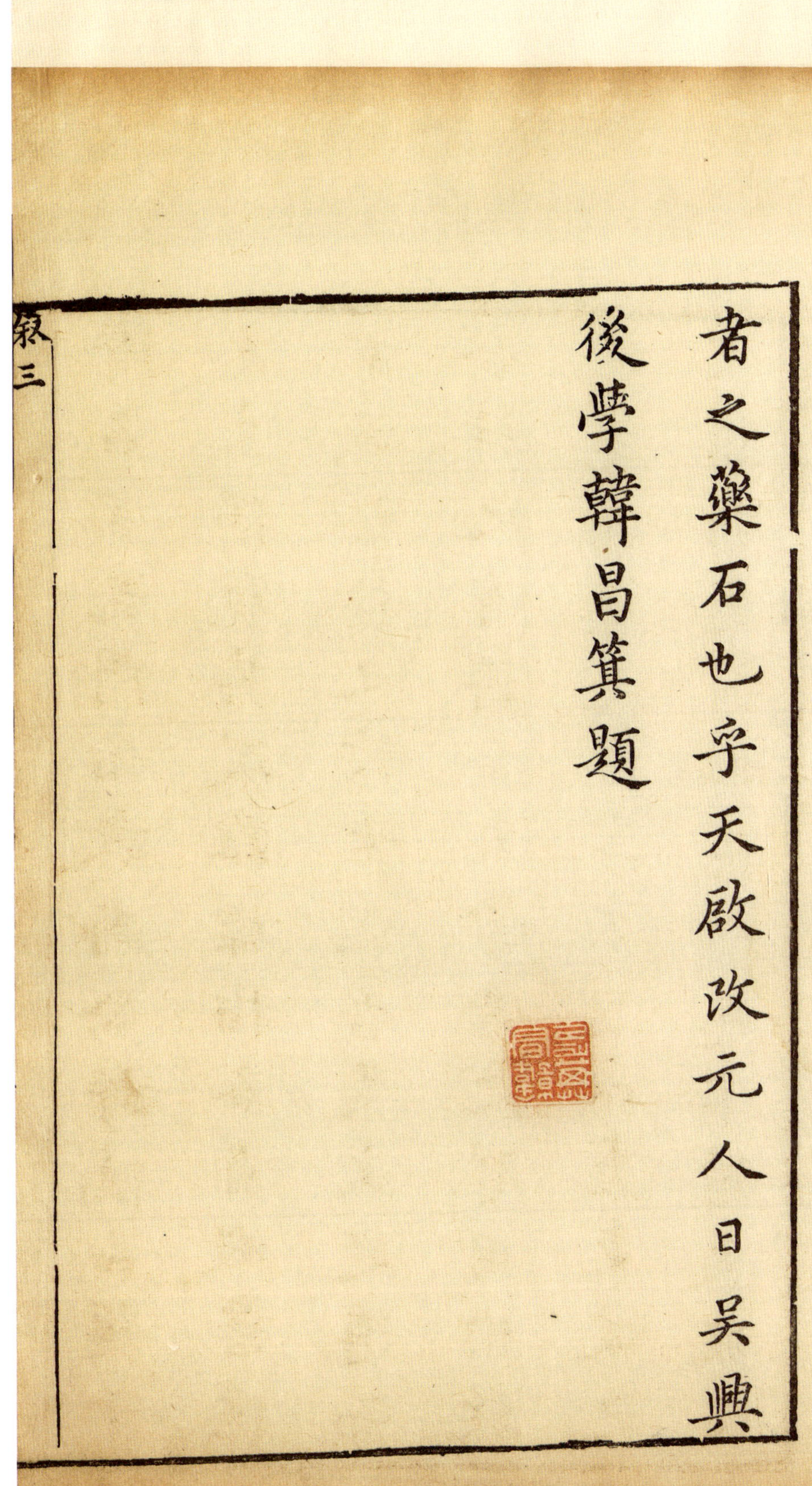

者之藥石也乎天啟改元人日吳興
後學韓昌箕題

敘三

蘇文忠公策論目

蘇文忠公策選卷之一

歸安鹿門茅坤
景陵伯敬鍾惺　批評

御試制科策一道

皇帝若曰朕承祖宗之大統先帝之休烈深惟寡昧未燭於理志勤道遠治不加進夙興夜寐于兹三紀朕德有所未至教有所未孚闕政尚多和氣或盭田野雖闢民多亡聊邊境雖安兵不得撤利入已浚浮費彌廣軍冗而未練官冗

而未澄庠序比興禮樂未具戶罕可封之俗士
忽胥讓之節此所以訟未息於虞芮刑未措於
成康意在位者不以教化爲心治民者多以文
法爲拘禁防繁多民不知避叙法寛濫吏不知
懼纍繫者衆愁歎者多仍歲以來災異數見六
月壬子日食于朔淫雨過節煖氣不效江河潰
決百川騰溢永思厥咎深切在予變不虛生緣
政而起五事之失六沴之作劉向所傳呂氏所
紀五行何修而得其性四時何行而順其令非

正陽之月伐鼓救變其合於經乎方盛夏之時論因報重其考於古乎京師諸夏之根本王教之淵源百工淫巧無禁豪右僭差不度治當先內或曰何以爲京師政在擿姦或曰不可撓獄市推尋前世孝文尚老子而天下富殖孝武用儒術而海內虛耗道非有弊治奚不同王政所由形于詩道周公豳詩王業也而係之國風宣王北伐大事也而載之小雅周以冢宰制國用唐以宰相兼度支錢穀大計也兵師大衆也何

陳平之對謂當責之內史韋賢之言不宜兼於宰相錢貨之制輕重之相權命秩之差虛實之相養水旱蓄積之備邊陲守禦之方圜法有九府之名樂語有五均之義富人強國尊君重朝弭災致祥改薄從厚此皆前世之急政而當今之要務予大夫其悉意以陳毋悼後害

臣謹對曰臣聞天下無事則公卿之言輕於鴻毛天下有事則匹夫之言重於泰山非智有所不能而明有所不察緩急之勢異也方其無事也雖齊

桓之深信其臣管仲之深得其君以握手丁寧之
間將死深悲之言而不能去其區區之三豎及其
有事且急也雖唐代宗之庸程元振之用事柳伉
之賤且疎而一言以入之不終朝而去其腹心之
疾夫言之於無事之世者足以有所改爲而常患
於不信言之於有事之世者易以見信而常患於
不及改爲此忠臣志士之所以深悲天下之所以
亂亡相尋而世主之所以不悟也今陛下處積安
之時乘不拔之勢拱手垂裳而天下嚮風動容變

冷語說得可傷聳動人主全在此一段○每段引制策冠之分貼條對若為之注釋者無意作章法卽借策問為章法局架截然而变化流走之妙在其中其法從鼂錯賢良策對中來若使後人為之不知何如癡且散矣

色而海内震恐雖有一事之失常一物之不獲固未足以憂陛下也所謂親策賢良之士者以應故事而已豈以臣言爲眞足以有感於陛下耶雖然君以名求之臣以實應之陛下爲是名也臣敢不爲是實也伏惟制策有念祖宗先帝大業之重而自處於寡昧以爲志勤道遠治不加進臣竊以爲陛下即位以來歲歷三紀更於事變審於情僞不爲不熟矣而治不加進雖臣亦疑之然以爲志勤道遠則雖臣至愚亦未敢以明詔爲然也夫志有

不勤而道無遠陛下苟知勤矣則天下之事粲然無不畢舉又安以訪臣爲哉今也猶以道遠爲歎則是陛下未知勤也臣請言勤之説夫天以日運故健日月以日行故明水以日流故不竭人之四肢以日動故無疾器以日用故不蠹天下者大物也久置而不用則委靡廢放日趨於弊而已矣陛下深居法宮之中其憂勤而不息邪臣不得而知也其宴安而無爲邪臣不得而知也然所以知道遠之歎由陛下之不勤者誠見陛下以天下之大

欲輕賦稅則財不足欲威四夷則兵不彊欲興利除害則無其人欲敦世厲俗則無其具大臣不過遵用故事小臣不過謹守簿書上下相安以苟歲月此臣所以妄論陛下之不勤也臣又竊聞之自頃歲以來大臣奏事陛下無所詰問直可之而已臣始聞而大懼以爲不信及退而觀其效見則臣亦不敢謂不信也何則人君之言與士庶不同言脫於口而四方傳之捷於風雨故太祖太宗之世天下皆諷誦其言語以爲聳動之具今陛下之所

仁廟多仁厚而柔緩故子瞻振厲在此

泠泠問來逼人

震怒而賜譴者何人也合於聖意誘而進之者何人也所與朝夕論議深言者何人也越次躐等召而問訊之者何人也四者臣皆未之聞焉此臣所以妄論陛下之不勤也臣願陛下條天下之事其大者有幾可用之人有幾某事未治某人未用雞鳴而起曰吾今日爲某事用某人他日又曰吾所爲某事其果濟矣乎所用某人其人果才矣乎如是孜孜焉不違於心屏去聲色放遠善柔親近賢達遠覽古今凡此者勤之實也而道何遠乎伏惟

對君之法自宜

制策有夙興夜寐于今三紀德有所未至教有所未孚闕政尚多和氣或鬱田野雖闢民多亡聊邊境雖安兵不得撤利入已浚浮費彌廣軍冗而未練官冗而未澄庠序比興禮樂未具户罕可封之俗士忽胥讓之節此所以訟未息於虞芮刑未措於成康意在位者不以教化爲心治民者多以文法爲拘禁防繁多民不知避叙法寬濫吏不知懼纍繫者衆愁歎者多凡此陛下之所憂數十條者臣皆能爲陛下歷數而備言之然而未敢爲陛下

如此

道也何者陛下誠得御臣之術而固執之則嚮之所憂數十條者皆可以捐之大臣而已不與今陛下區區以嚮之數十條爲已憂者則是陛下未得御臣之術也天下所謂賢者陛下既得而用之矣方其未用也常若有餘而其既用也則不足是豈其才之有變乎古之用人者日夜提策之武王用太公其相與問答百餘萬言今之六韜是也桓公用管仲其相與問答亦百餘萬言今之管子是也古之人君其所以反覆窮究其臣者若此今陛下

鏡心刻骨之言

從來陰猾之臣即頑鈍之臣也和盤托出千古

默默而聽其所爲則夫嚮之所憂數十條者無時而舉矣古之忠臣其受任也必先自度曰吾能辨是矣乎度能辨是也則又曰吾君能忘巳而任我乎能無以小人間我乎度其能忘巳而任我也能無以小人間我也然後受之既巳受之矣則以身任天下之責而不辭享天下之利而不愧今也内不度巳外不度君而輕受之受之而衆不與也則引身而求去陛下又爲美辭而遣之加之重祿而慰之夫引身而求退者非果廉節而有讓也是邀

宋仁廟時有此風

老奸何處生活

君以自固也是自明其非我之欲畱以逃謗也是不能辨其事而以其患遺後人也陛下奈何聽之臣故曰陛下未得御臣之術也若夫德有所未至教有所未孚者此實不至也德之必有以著其德之之形教之必有以顯其教之之狀德之之形莫著於輕賦教之之狀莫顯於去殺此二者今皆未能焉故曰實不至也夫以選舉之重而不取才行官吏之衆而不行考課農末之相傾而平糴之法不立貧富之相役而占田之數無限天下之闕政

則莫大乎此而和氣安得不盭乎田野闢者民之所以富足之道也其所以無聊則吏政之過也然臣聞天下之民常偏聚而不均吳蜀有可耕之人而無其地荆襄有可耕之地而無其人由此觀之則田野亦未可謂盡闢也夫以吳蜀荆襄之相形而飢寒之民終不能去狹而就寛者世以爲懷土而重遷非也行者無以相羣則不能行居者無以相友則不能居若輩徒飢寒之民則無有不聽矣邊境已安而兵不得撤者有安之名而無安之實

也臣欲小言之則自以爲愧大言之則世俗以爲笑臣請畧言之古之制北狄者未始不通西域今之所以不能通者是夏人爲之障也朝廷置靈武於度外幾百年矣議者以爲絕域異方曾不敢近而况於取之乎然臣以爲事勢有不可不取者不取靈武則無以通西域西域不通則契丹之强未有艾也然靈武之所以不可取者非以數郡之能抗吾中國中國自困而不能舉也其所以自困而不能舉者以不生不息之財養不耕不戰之兵塊

捐秦以委之之說未妥大略條邊事一着猶疎闊

然如巨人之病腿非不枵然大矣而手足不能以自舉欲去是疾也則莫若捐秦以委之使秦人斷然如戰國之世不待中國之援而中國亦若未始有秦者有戰國之全利而無戰國之患則夏人舉矣其便莫如稍徙緣邊之民不能戰守者於空閑之地而以其地益募民爲屯田屯田之兵稍益則向之戍卒可以稍減使數歲之後緣邊之民盡爲耕戰之夫然後數出兵以苦之要以使之厭戰而不能支則折而歸吾矣如此而北狄始有可制之

切近今日之弊

怕人

漸中國始有息肩之所不然將濟師之不暇而又何撤乎所謂利入已浚而浮費彌廣者臣竊以爲外有不得已之二虜内有得已而不已之後宮後宮之費不下一敵國金玉錦繡之工日作而不息朝成夕毁務以相新主帑之吏日夜儲其精金良帛而别異之以待倉卒之命其爲費豈可勝計哉今不務去此等而欲廣求利之門臣知所得之不如所喪也軍冗而未練者臣嘗論之曰此將不足恃之過也然以其不足恃之故而擁之以多兵不

蒐去其無用則多兵適所以爲敗也官冗而未澄者臣嘗論之曰此審官吏部與職司無法之過也夫審官吏部是古者考績黜陟之所也而特以日月爲斷今縱未能復古可略分其郡縣不以遠近爲差而以難易爲等第其人之所堪而别異之才者常爲其難而不才者常爲其易及其當遷也難者常速而易者常久然而爲此者固有待也内之審官吏部與外之職司常相關通而爲職司不惟舉有罪察有功而已必使盡第其屬吏之所堪以

詔審官吏部審官吏部常從內等其任使之難易職司常從外第其人之優劣才者常用不才者常閑則官冗可澄矣庠序興而禮樂未具者臣蓋以爲庠序者禮樂旣興之所用非所以興禮樂也今禮樂鄙野而未完則庠序不知所以爲教又何以興禮樂乎如此而求其可封責其皆讓將以息訟而措刑者是却行而求前也夫上之所嚮者下之所趨也而況從而賞之乎上之所背者下之所去也而況從而罰之乎今陛下責在位者不務教化

而治民者多拘文法臣不知朝廷所以爲賞罰者何也無乃或以教化得罪而多以文法受賞歟夫禁防未至於繁多而民不知避者吏以爲市也叙法不爲寛濫而吏不知懼者不論其能否而論其久近也縲繫者衆愁歎者多凡以此也伏惟制策有仍歲以來災異數見乃六月壬子日食于朔淫雨過節煖氣不效江河潰決百川騰溢永思厥咎深切在予變不虛生緣政而起此豈非陛下厭聞諸儒牽合之論而欲聞其自然之說乎臣不敢復

懇切時弊

取洪範傳五行志以爲對直以意推之夫日食者是陽氣不能履險也何爲陽氣不能履險臣聞五月二十三分月之二十是爲一交交當朔則食交者是行道之險者也然而或食或不食則陽氣之有强弱也今有二人竝行而犯霧露其疾者必有弱者其不疾者必有强者也道之險一也而陽氣之强弱異故夫日之食非食之日而後爲食其虧也久矣特遇險而見焉陛下勿以其未食也爲無災而其既食而復也爲免咎臣以爲未也特出於

險耳夫淫雨大水者是陽氣融液汗漫而不能收也諸儒或以爲陰盛臣請得以理折之夫陽動而外其於人也爲嘘嘘之氣溫然而爲濕陰動而內其於人也爲噏噏之氣冷然而爲燥以一人推天地天地可見故春夏者其一嘘也秋冬者其一噏也夏則川澤洋溢冬則水泉收縮此燥濕之效也是故陽氣汗漫融液而不能收則常爲淫雨大水猶人之嘘而不能吸也今陛下以至仁柔天下兵驕而益厚其賜戎狄桀傲而益加其禮蕩然與天

又變文法

妙

下爲咻呴溫煖之政萬事墮壞而終無威刑以堅凝之亦如人之噓而不能噏此淫雨大水之所由至理作也天地告戒之意陰陽消復之理殆無以易此矣而制策又有五事之失六沴之作劉向所傳呂氏所紀五行何修而得其性四時何行而順其令非正陽之月伐鼓救變其合於經乎方盛夏之時論囚報重其考於古乎此陛下畏天恐懼求端之過而流入於迂儒之說此皆愚臣之所學於師而不取者也夫五行之相沴本不至於六六沴者起

於諸儒欲以六極分配五行於是始以皇極附益而爲六夫皇極者五事皆得不極者五事皆失非所以與五事並列而别爲一者也是故有眊而又有蒙有極而無福曰五福皆應此亦自知其疎也呂氏之時令則柳宗元之論備矣以爲有可行者有不可行者其可行者皆天事也其不可行者皆人事也若夫禜社伐鼓本非有益於救災特致其尊陽之意而已書曰乃季秋月朔辰弗集于房瞽奏鼓嗇夫馳庶人走由此言之則亦何必正陽之

文仍前文蓋以成炎

從來俗儒如此

月而後伐鼓捄變如左氏之説乎盛夏報囚先儒固已論之以爲仲尼誅齊優之月固君子之所無疑也伏惟制策有京師諸夏之根本王教之淵源百工淫巧無禁豪右僭差不度此在陛下身率之耳後宮有大練之飾則天下以羅紈爲羞大臣有脱粟之節則四方以膏粱爲汙雖無禁令又何憂乎伏惟制策有治當先内或曰何以爲京師政在摘姦或曰不可撓獄市此皆一偏之説不可以不察也夫見其一偏而輒舉以爲説則天下之説不

分别得好

可以勝舉矣自通人而言之則曰治内所以爲京師也不撓獄市所以爲擿姦也如使不撓獄市而害其爲擿姦則夫曹叅者是爲逋逃主也伏惟制策有推尋前世深觀治迹孝文尚老子而天下富殖孝武用儒術而海内虚耗道非有弊治奚不同臣竊以爲不然孝文之所以爲得者是儒術畧用也其所以得而未盡者是用儒之未純也而其所以爲失者是用老也何以言之孝文得賈誼之説然後待大臣有禮御諸侯有術而至於興禮樂係

似懈而不懈似累而不累古文轉落之妙往往如此

掉得妙是漢人文法

單于則曰未暇故曰儒術畧用而未純也若夫用老之失則有之矣始以區區之仁壞三代之肉刑而易之以髡笞髡笞不足以懲中罪則又從而殺之用老之失豈不過甚矣哉且夫孝武亦不可謂用儒之主也博延方士而多興妖祠大興宮室而甘心遠畧此豈儒者教之今夫有國者徒知猶其名而不考其實見孝文之富殖而以爲老子之功見孝武之虚耗而以爲儒者之罪則過矣此唐明皇之所以溺於宴安徹去禁防而爲天寶之亂也

伏惟制策有王政所由形於詩道周公豳詩王業也而係之國風宣王北伐大事也而載之小雅臣竊聞豳詩言后稷公劉所以致王業之艱難者也其後累世而至文王文王之時則王業既已大成矣而其詩爲二南二南之詩猶列於國風而至於豳獨何恠乎昔季札觀周樂以爲大雅曲而有直體小雅思而不貳怨而不言夫曲而有直體者寬而不流也思而不貳怨而不言者狹而不迫也由此觀之則大雅小雅之所以異者取其辭之廣狹

非取其事之大小也伏惟制策有周以冢宰制國用唐以宰相兼度支錢穀大計也兵師大衆也何陳平之對謂當責之内史韋賢之言不宜兼於宰相臣以爲宰相雖不親細務至於錢穀兵師固當制其贏虚利害陳平所謂責之内史者特以宰相不當治其簿書多少之數耳昔唐之初以郎官領度支而職事以治及兵興之後始立使額參佐既衆簿書益繁百弊之源自此而始其後裴延齡皇甫鎛皆以剝下媚上至于希世用事以宰相兼之

此等處却顯令策矣

誠得防姦之要而韋賢之議特以其權過重歟故李德裕以爲賤臣不當議令臣常以爲有宰相之風矣伏惟制策有錢貨之制輕重之相權命秩之差虛實之相養水旱蓄積之備邊陲守禦之方圜法有九府之名樂語有五均之義此六者亦方今之所當論也昔召穆公曰民患輕則多作重以行之若不堪重則多作輕以行之亦不廢重輕可改而重不可廢不幸而過寧失於重此制錢貨之本意也命者人君之所擅出於口而無窮秩者民力

此策但作冒不復作結仍借策問結云小作一收一起筆端变化

之所供取於府而有限以無窮養有限此虛實之相養也水旱蓄積之備則莫若復隋唐之義倉邊陲守禦之方則莫若依秦漢之更卒周官有太府、天府、泉府、玉府、內府、外府、職內、職金、職幣是謂九府太公之所行以致富古者天子取諸侯之士以爲國均則市不二價四民常均是謂五均獻王之所致以爲法皆所以均民而富國也凡陛下之所以策臣者大畧如此而於其末復策之曰富人强國尊君重朝弭災致祥改薄從厚此皆前世之急政而當今之要務此臣有以知陛下之聖意以爲向之所以策臣者各指其事恐臣不得盡其辭是以復舉其大體而槩問焉又恐其不能切至也故又詔之曰悉意以陳而無悼後害臣是以敢復進其猖狂之說夫天下者非君有也天下使君主之耳陛下念祖宗之重思百姓之可畏欲進一人當同天下之所欲進欲退一人當同天下之所欲退今者每進一人則人相與誹曰是進於某也是某之所欲也每退一人則又相與誹曰是出於某也

是其之所惡也臣非敢以此爲舉信也然而致此言者則必有由矣今無知之人相與謗於道曰聖人在上而天下之所以不盡被其澤者便嬖小人附於左右而女謁盛於内也爲此言者固妄矣然而天下或以爲信者何也徒見諫官御史之言矻矻乎難入以爲必有間之者也徒見蜀之美錦越之奇器不由方貢而入於官也如此而向之所謂急政要務者陛下何暇行之臣不勝憤懣謹復列之於末惟陛下寬其萬死幸甚幸甚謹對

制科策亦隨問條荅在長公亦未盡所欲言而中間持議大較多通達國体非經生所及

語激而氣平意廣而事確告君之体自宜如此 ○長篇若不可了使人讀之惟恐其了又未嘗不了篇法湊泊化工之妙不可思議

擬進士對御試策一道并引狀

皇帝若曰朕德不類託於士民之上所與待天下之治者惟萬方黎獻之求詳延于廷諏以世務豈特考子大夫之所學且以博朕之所聞蓋聖王之御天下也百官得其職萬事得其序有所不爲爲之而無不成有所不革革之而無不服田疇闢溝洫治草木暢茂鳥獸魚鼈無不得其性其富足以備禮其和足以廣樂其治足以致刑子大夫以謂何施而可以臻此方今之弊

借擬士對以諷諫當時之政而擘畫處更勝前首

可謂衆矣採之之道必有本末施之之宜必有先後子大夫之所宜知也生民以來所謂至治必曰唐虞成周之時詩書所稱其迹可見以至後世賢明之君忠智之臣相與憂勤以營一代之業雖未盡善要其所以成就亦必有可言者其詳著之朕將親覽焉

右臣准宣命差赴集英殿編排舉人試卷竊見陛下始革舊制以策試多士厭鬪詩賦無益之語將求山林朴直之論聖聽廣大中外歡喜而所試舉

說得盡情亦復敗興

人。不能推原上意。皆以得失爲慮。不敢指陳闕政。而阿諛順旨者。又卒據上第。陛下之所以求於人。至深切矣。而下之報上者如此。臣竊深悲之。夫科場之文。風俗所繫。所收者。天下莫不以爲法。所弃者。天下莫不以爲戒。昔祖宗之朝。歲尚辭律。則詩賦之工。曲盡其巧。自嘉祐以來。以古文爲貴。則策論盛行於世。而詩賦幾至於熄。何者。利之所在。人無不化。今始以策取士。而士之在甲科者。多以諂諛得之。天下觀望。誰敢不然。臣恐自今以往。相師成風雖直言之科亦無敢以直言進者風俗一變不可復返正人衰微則國隨之非復詩賦策論迭興迭廢之比也是以不勝憤懣退而擬進士對御試策一道學術淺陋不能盡知當世之切務直載所聞上將以推廣聖言庶有補於萬一下將以開示四方使知陛下本不諱惡切直之言風俗雖壞猶可以少救其所撰策謹繕寫投進干冒天威臣無任戰恐待罪之至

當看其擬進士對策是何等念頭

對臣伏見陛下發德音下明詔以天下安危之至

苦心無可奈何之言却是至理

計謀及於布衣之士其求之不可謂不切其好之不可謂不篤矣然臣私有所憂者不知陛下有以受之歟禮曰甘受和白受采故臣願陛下先治其心使虛一而靜然後忠言至計可得而入也今臣竊恐陛下先入之言已實其中邪正之黨已貳其聽功利之說（暗指荆公）已動其欲則雖有皐陶益稷之謀亦無自入矣而况於疎遠愚陋者乎此臣之所以大懼也若乃盡言以招過觸諱以忘軀則非臣之所恤也聖策曰聖王之御天下也百官得其職萬事

得其序臣以爲陛下未知此也是以顛倒失序如此苟誠知之曷不尊其所聞而行其所知歟百官之所以得其職者豈聖王人人而督責之萬事之所以得其序者豈聖王事事而整齊之哉亦因能以任職因職以任事而已官有常守謂之職施有先後謂之序今陛下使兩府大臣侵三司財利之權常平使者亂職司守令之治刑獄舊法不以付有司而取決於執政之意邊鄙大慮不以責帥臣而聽計於小吏之口百官可謂失其職矣王者之

所宜先者德也所宜後者刑也所宜先者義也所宜後者利也而陛下易之萬事可謂失其序矣然此猶其小者其大者則中書失其政也宰相之職古者所以論道經邦今陛下但使奉行條例司文書而已昔邴吉爲丞相蕭望之爲御史大夫望之言陰陽不和咎在臣等而宣帝以爲意輕丞相終身薄之今政事堂忿爭相詬流傳都邑以爲口實使天下何觀焉故臣願陛下首還中書之政則百官之職萬事之序以次而得矣聖策曰有所不爲

切中當時情事

敢言之氣

爲之而無不成有所不革革之而無不服陛下之
及此言是天下之福也今日之患正在於未成而
爲之未服而革之耳夫成事在理不在勢服人以
誠不以言理之所在以爲則成以禁則止以賞則
勸以言則信古之人所以鼓舞天下綏之斯來動
之斯和者蓋循理而已今爲政不務循理而欲以
人主之勢賞罰之威刼而成之夫以斧析薪可謂
必克矣然不循其理則斧可缺薪不可破是以不
論尊卑不計强弱理之所在則成理所不在則不

冷語正可折荆

直言青苗

成可必也今陛下使農民舉息與商賈爭利豈理也哉而何惟其不成乎禮曰微之顯誠之不可掩也如此夫陛下苟誠心乎爲民則雖或謗之而人不信苟誠心乎爲利則雖自解釋而人不服且事有決不可欺者吏受賄枉法人必謂之贓非其有而取之人必謂之盜苟有其實不敢辭其名今青苗有二分之息而不謂之放債取利可乎凡人爲善不自譽而人譽之爲惡不自毀而人毀之如使爲善者必須自言而後信則堯舜周孔亦勞矣今

公拗氣

勇怯生於信不

天下以爲利陛下以爲害陛下以爲仁天下以爲貪陛下以爲廉不勝其紛紜也則使二三臣者極其巧辯以解答千萬人之口附會經典造爲文書以曉告四方之人四方之人豈如嬰兒鳥獸而可以小數眩之哉且夫未成而爲之則其弊必至於不敢爲未服而革之則其弊必至於不敢革蓋世有好走馬者一爲墜傷則終身徒行何者愼重則必成輕發則多敗此理之必然也陛下若出於愼重則屢作屢成不惟人信之陛下亦

名言

信至理至論

直言橫山之兵

自信而日以勇矣若出於輕發則每舉每敗不惟人不信陛下亦自不信而日以怯矣文宗始用訓注其志豈意其淺也哉而一經大變則憂沮喪氣不能復振文宗亦非有失德徒以好作而寡謀也愼重者始若怯終必勇輕發者始若勇終必怯迺者橫山之人未嘗一日而忘漢雖五尺之童子知其可取然自慶曆以來莫之敢發者誠未有以善其後也近者邊臣不計其後而遽發之一發不中則内帑之費以數百萬計而關輔之民困於飛輓

者三年而未已雖天下之勇者敢復爲之歟爲之固不可敢復言之歟由此觀之則横山之功是欲速而壞之也近者青苗之政助役之法均輸之策併軍蒐卒之令卒然輕發又甚於前日矣雖陛下不卹人言持之益堅而勢窮事礙終亦必變他日雖有良法美政陛下能復自信乎人君之患在於樂因循而重改作今陛下春秋鼎盛天錫勇智此萬世一時也而羣臣不能濟之以慎重養之以敦朴譬如乘輕車馭駿馬冒險夜行而僕夫又從後

鞭之豈不殆哉臣願陛下解轡秣馬以須東方之明而徐行於九軌之道甚未晚也聖策曰田疇闢溝洫治草木暢茂鳥獸魚鼈莫不各得其性者此百工有司之事也曾何足以累陛下陛下操其要治其本恭巳無爲而物莫不盡其理以生以死若夫百工有司之事自宰相不屑爲之而況於陛下乎聖策曰其富足以備禮其和足以廣樂其治足以致刑何施而可以臻此孔子曰百姓足君孰與不足兎首瓠葉可以行禮掃地而祭可以事天禮

當時諸臣爭言條例青苗以此上下不和故制策及此

之不備非貧之罪也管子曰倉廩實而知禮節臣不知陛下所謂富者富民歟抑富國歟陸賈曰將相和調則士豫附劉向曰衆賢和於朝則萬物和於野今朝廷可謂不和矣其咎安在陛下不返求其本而欲以力勝之力之不能勝衆也久矣古者刀鋸在前鼎鑊在後而士猶犯之今陛下躬蹈堯舜未嘗誅一無罪欲弭衆言不過斥逐異議之臣而更用人必不忍行亡秦偶語之禁起東漢黨錮之獄多士何畏而不言哉臣恐逐者不已而爭者

益多煩言交攻愈甚於今日矣欲望致和而廣樂豈不疏哉古之求治者將以措刑也今陛下求治則欲致刑此又羣臣誤陛下也臣知其說矣是出於荀卿荀卿喜爲異論至以人性爲惡則其言治世刑重亦宜矣而說者又以爲書稱唐虞之隆刑故無小而周之盛時羣飲者殺臣請有以詰之夏禹之時大辟二百周公之時大辟五百豈可謂周治而禹亂耶秦爲法及三族漢除肉刑豈可謂秦治而漢亂耶致之言極也天下幸而未治使一日

治安陛下將變今之刑而用其極歟天下幾何其
不叛也徒聞其語而懼者已衆矣臣不意異端邪
説惑誤陛下至於如此且夫宥過無大刑故無小
此用刑之常理也至於今守之豈獨唐虞之隆而
周之盛時哉所以誅羣飲者意其非獨羣飲而已
如今之法所謂夜聚曉散者使後世不知其詳而
徒聞其語則凡夜相過者皆執而殺之可乎夫人
相與飲酒而輒殺之雖桀紂之暴不至於此而謂
周公行之歟聖策曰方今之弊可謂衆矣捄之之

術必有本末所施之宜必有先後臣請論其本與其所宜先者而陛下擇焉方今捄弊之道必先立事立事之本在於知人則所施之宜當先觀大臣之知人與否耳古之欲立非常之功者必有知人之明苟無知人之明則循規矩蹈繩墨以求寡過二者皆審於自知而安於才分者也道可以講習而知德可以勉强而能惟知人之明不可學必出於天資如蕭何之識韓信此豈有法而可傳者哉以諸葛孔明之賢而知人之明則其所短是以失

透

之於馬謖而孔明亦審於自知是以終身不敢用魏延我仁祖之在位也事無大小一付之於法人無賢不肖一付之於公議事已效而後行人已試而後用終不求非常之功者誠以當時大臣不足以與於知人之明也古之爲醫者聆音察色洞視五臟則其治疾也有剖胸決脾洗濯胃腎之變苟無其術不敢行其事今無知人之明而欲立非常之功解縱繩墨以慕古人則是未能察脉而欲試華佗之方其異於操刀而殺人者幾希矣房琯之

稱劉秩關播之用李元平是也至今以爲笑矣陛下觀今之大臣爲知人歟爲不知人歟乃者推用衆才皆其造室握手之人要結審固而後敢用蓋以爲其人可與勠力同心共致太平曾未安席而交口攻之者如蝟毛而起陛下以此驗之其不知人也亦審矣幸今天下無事異同之論不過潰亂聖聽而已若邊隅有警盜賊竊發俯仰成敗呼吸變動而所用之人皆如今日乍合乍散臨事解體不可復知則無乃誤社稷歟華佗不世出天下未

指荆公之於惠卿

功中當時荆公之論

嘗廢蕭何不世出天下未嘗廢治陛下必欲立非常之功請待知人之佐若猶未也則亦詔左右之臣安分守法而已聖策曰生民以來稱至治者必曰唐虞成周之世詩書所稱其迹可見以至後世賢明之君忠智之臣相與憂勤以營一代之業惟未盡善然要其所成就亦必有可言者其詳著之臣以爲此不可勝言也其施設之方各隨其時而不可知其所可知者必畏天必從衆必法祖宗故其言曰戒之戒之天惟顯思命不易哉又曰稽

于衆舍己從人又曰丕顯哉文王謨丕承哉武王
烈詩書所稱大畧如此未嘗言天命不足畏衆言
不足從祖宗之法不足用也苻堅用王猛而樊世
仇滕席寶不悦魏鄭公勸太宗以仁義而封倫不
信凡今之人欲陛下違衆而自用者必以此藉口
而陛下所謂賢明忠智者豈非意在於此等歟臣
願考二人之所行而求之於今王猛豈嘗設官而
牟利魏鄭公豈嘗貸錢而取息歟且其不悦者不
過數人固不害天下之信且服也今天下有心者

怨有口者謗古之君臣相與憂勤以營一代之業者似不如此古語曰百人之聚未有不公而況天下乎今天下非之而陛下不回臣不知所税駕矣詩曰譬彼舟流不知所屆心之憂矣不遑假寐區區之忠惟陛下察之臣謹昧死上對

東坡病當時狃於青苗條例諸法及横山用兵等事故特擬策以發其直言敢諫之氣不知當時曾及聞神廟否然攄愚見此作亦不過條其事而言之耳未有一段精光意見開悟人君令其實落做手處其不逮賈誼治安策多矣

此篇多為荆公而發

私策問

問昔三代之際公卿有生而爲之者士有至老而不遷者官有常人而人有常心故爲周之公卿者非周召毛原則王之子弟也發於畎畝起於匠夫而至於公相則蓋亦有幾人而已士之勤苦終身於學講肄道藝而修其廉隅以邀鄉里之名者不過以望鄉大夫賢能之書其選舉而上不過以爲一命之士其傑異者至於大夫極矣夫周之世諸侯爲政之卿皆其世臣之子孫則夫布衣之士其

此段議論洞悉用人者當知用於人者知此則修身可免躁進居官可免曠職矣

進蓋亦有所止也當是之時士皆安其習而樂其分不倦於小官而樂爲之故其民事修而世務舉及其後世不然使天下旅進而更爲之雖布衣之賢得以驟進於朝廷而士始有無厭之心矣官事之不修民事之不緝非其不能不屑爲之也先王之用人欲其人人自喜終老而不倦是以能盡其才今以凡人之才而又加之以旣倦之意其爲弊可勝言乎今夫州縣之吏有故而不得改官者盤桓而不能去久者不過以爲職官令錄仕而達者

入下節縫最妙

自縣宰爲郡之通守自郡之通守以至郡守爲郡守而無他才能則盤桓於太守而不得去由此觀之是職官令錄與郡守四者爲國家棄材之委而仕不達者之所盤桓而無聊也夫以太守之重職官令錄之近於民而用棄材焉使不達者盤桓於其職此豈先王所以使人不倦之意歟嗟夫蓋亦有不得已也居今之勢何以使天下之士各安其分而無輕於小官何以使此四者流徙不倦而無不自聊賴之意其悉書於篇

極透矣然以可謂之策問而不可即謂之策今論利病痛切而不言其所以處之之道者是以策問爲策者也

蘇文忠公策論目

卷二策選

策斷下

此則先以人主自斷爲策略之始下四篇指其事而條之

蘇文忠公策選卷之二

歸安鹿門茅坤
景陵伯敬鍾惺　批評

策畧一

天下治亂皆有常勢是以天下雖亂而聖人以爲無難者其應之有術也水旱盜賊人民流離是安之而已也亂臣割據四分五裂是代之而已也權臣專制擅作威福是誅之而已也四夷交侵邊鄙不寧是攘之而已也凡此數者其於害民蠹國爲

就前提一翻案而出妙

不少矣然其所以爲害者有狀是故其所以救之者有方也天下之患莫大於不知其然而然不知其然而然者是拱手而待亂也國家無大兵革幾百年矣天下有治平之名而無治平之實有可憂之勢而無可憂之形此其有未測者也方今天下非有水旱盜賊人民流離之禍而咨嗟怨憤常若不安其生非有亂臣割據四分五裂之憂而休養生息常若不足於用非有權臣專制擅作威福之弊而上下不交君臣不親非有四夷交侵邊鄙不

寧之災而中國皇皇常有外憂此臣所以大惑也

今夫醫之治病切脉觀色聽其聲音而知病之所由起曰此寒也此熱也或曰此寒熱之相搏也及其他無不可爲者今且有人悅然而不樂問其所苦且不能自言則其受病有深而不可測者矣其言語飲食起居動作固無以異於常人此庸醫之所以爲無足憂而扁鵲倉公之所以望而驚也其病之所由起者深則其所以治之者固非鹵莽因循苟且之所能去也而天下之士方且掇拾三代

入此譬頓覺瞭然

之遺文補葺漢唐之故事以爲區區之論可以濟世不已踈乎方今之勢苟不能滌蕩振刷而卓然有所立未見其可也臣嘗觀西漢之衰其君皆非有暴鷙淫虐之行特以怠惰弛廢溺於宴安畏期月之勞而忘千載之患是以日趨于亡而不自知也夫君者天也仲尼贊易稱天之德曰天行健君子以自强不息由此觀之天之所以剛健而不屈者以其動而不息也惟其動而不息是以萬物雜然各得其職而不亂其光爲日月其文爲星辰其

才露本旨

威爲雷霆，其澤爲雨露，皆生於動者也。使天而不知動，則其塊然者將腐壞而不能自持，况能以御萬物哉！苟天子一日赫然奮其剛明之威，使天下明知人主欲有所立，則智者願效其謀，勇者樂致其死，縱横顛倒，無所施而不可。苟人主不先自斷於中，羣臣雖有伊、吕、稷、契，無如之何。故臣特以人主自斷，而欲有所立爲先，而後論所以爲立之要云。

策畧二

天下無事久矣以天子之仁聖其欲有所立以爲子孫萬世之計至切也特以爲發而不中節則天下或受其病當宁而太息者幾年於此矣蓋自近歲始柄用二三大臣而天下皆洗心滌慮以聽朝廷之所爲然而數年之間卒未有以大慰天下之望此其故何也二虜之大憂未去而天下之治終不可爲也聞之師曰應敵不暇不可以自完自完不暇不可以有所立自古創業之君皆有敵國相

持之憂命將出師兵交於外而中不失其所以爲國者故其兵可敗而其國不可動其力可屈而其氣不可奪今天下一家二虜且未動也而吾君吾相終日皇皇焉應接之不暇亦竊爲執事者不取也昔者大臣之議不爲長久之計而用最下之策是以歲出金繒數十百萬以資彊虜此其既往之咎不可追之悔也而議者方將深罪當時之失而不求後日之計亦無益矣臣雖不肖竊論當今之弊蓋古之爲國者不患有所費而患費之無名不

患費之無名而患事之不立今一歲而費千萬是千萬而已事之不立四海且不可保而奚千萬之足云哉今者二虜不折一矢不遺一鏃走一介之使馳數乘之傳所過騷然居人爲之不寧大抵皆有非常之辭無厭之求難塞之請以觀吾之所荅於是朝廷洶然大臣會議旣而去未數月邊陲且復告至矣由此觀之二虜之使未絕則中國未知息肩之所而況能有所立哉臣故曰二虜之大憂未去則天下之治終不可爲也中書者王政之所

名言

由出天子之所與宰相論道經邦而不知其他者也非至逸無以待天下之勞非至靜無以制天下之動是故古之聖人雖有大兵役大興作百官奔走各執其職而中書之務不至於紛紜今者曾不得歲月之暇則夫禮樂刑政教化之源所以使天下回心而嚮道者何時而議也千金之家久而不治使販夫豎子皆得執券以誅其所負苟一朝發憤傾囷倒廩以償之然後更爲之計則一簪之資亦足以富何遽至於皇皇哉臣嘗讀吳越世家觀

摺

不用雖然二字既特

勾踐困於會稽之上而行成於吳凡金玉女子所以爲賂者不可勝計旣反國而吳之百役無不從者使大夫女女于大夫士女女于士春秋貢獻不絕於吳府嘗竊惟其以蠻夷之國承敗亡之後救死扶傷之餘而賂遺費耗則不可勝計如此然卒以滅吳則爲國之患果不在費也彼其內外不相擾是以能有所立使范蠡大夫種二人分國而制之范蠡曰四封之外種不如蠡使蠡主之凡四封之外所以待吳者種不如也四封之內蠡不如種

又一層波瀾

使種主之凡四封之内所以彊國富民者蠡不知也二人者各專其能各致其力是以不勞而滅吳其所以賂遺於吳者甚厚而有節也是以財不匱其所以聽役於吳者甚勞而有時也是以本不揺然後勾踐得以安意肆志焉而吳國固在其指掌中矣今以天下之人而中書常有蠻夷之憂宜其内治有不辦者故臣以爲治天下不若清中書之務中書之務清則天下之事不足辦也今夫天下之財舉歸之司農天下之獄舉歸之廷尉天下之

為建官引故事不嫌典范纍事混

兵舉歸之樞審而宰相特持其大綱聽其治要而責成焉耳夫此三者豈少於蠻夷哉誠以爲不足以累中書也今之所以待二虜者失在於過重古者有行人之官掌四方賓客之政當周之盛時諸侯四朝蠻夷戎狄莫不來享故行人之官治其登降揖讓之節牲芻委積之數而已至於周衰諸侯爭彊而行人之職爲難且重春秋時秦聘於晉叔向命召行人子員子朱曰朱也當御叔向曰秦晉不和久矣今日之事幸而集秦晉賴之不集三軍

暴骨其後楚伍員奔吳爲吳行人以謀楚而卒以入郢西劉之興有典屬國故賈誼曰陛下試以臣爲屬國請必繫單于之頸而制其命伏中行說而笞其背舉匈奴之衆惟上所令今若依倣行人屬國特建一官重任而厚責之使宰相於兩制之中舉其可用者而勿奪其權使大司農以每歲所以餽於二虜者限其常數而豫爲之備其餘者朝廷不與知也凡吾所以遣使於虜與吾所以館其使者皆得以自擇而其非常之辭無厭之求難塞之

請亦得以自荅使其議不及於朝廷而其閒暇則收羅天下之俊才治其戰攻守禦之策兼聽博採以周知敵國之虛實凡事之關於境外者皆以付之如此則天子與宰相特因其能否而定其黜陟其實不亦甚簡歟今自宰相以下百官汎汎焉莫任其責今舉一人而授之使日夜思所以待二虜宜無不濟者然後得以安居靜慮求天下之大計唯所欲爲將無不可者

進步

爲今日計只消于兵部中另立一協部尚書或侍郎專掌

北虜之事用邊將理兵餉繕虜墻并探諜虜情備養邊村皆其所掌歲一春則巡邊夏四五月閒則復歸于朝與兵户二部相為筦榷計之善者也

任法不如任人而篇終專取諸葛亮之治蜀王猛之治秦蓋為英廟之初當熙寧時似以水濟水矣覽東坡所自為辨策問剡子得之

立此二句作柱

策畧三

臣聞聖王之治天下使天下之事各當其處而不相亂天下之人各安其分而不相躐然後天子得優游無爲而制其上今也不然夷狄抗衡本非中國之大患而每以累朝廷是以徘徊擾攘卒不能有所立今委任而責成使西北不過爲未誅之寇則中國固吾之中國而安有不可爲哉於此之時臣知天下之不足治也請言當今之勢夫天下有二患有立法之弊有任人之失二者疑似而難明

後分解

專刺新法

此天下之所以亂也當立法之弊也其君必曰吾用其也而天下不治是其不可用也又從而易之不知法之弊而移咎于其人及其用人之失也又從而尤其法法之變未有已也如此則雖至于覆敗死亡相繼而不悟豈足怪哉昔者漢興因秦以爲治刑法峻急禮義消亡天下蕩然恐後世無所執守故賈誼董仲舒咨嗟歎息以立法更制爲事後世見二子之論以爲聖人治天下凡皆如此是以腐儒小生皆欲妄有所變改以惑世主臣竊以

有斟酌

變法之弊

暗議熙寧之政

爲當今之患雖法令有所未安而天下之所以不大治者失在於任人而非法制之罪也（一句點破）國家法令凡幾變矣天下之不大治其咎果安在哉曩者大臣之議患天下之士其進不以道而取之不精也故爲之法曰中年而舉取舊數之半而復明經之科患天下之吏無功而遷取高位而不讓也故爲之法曰當遷者有司以聞而自陳者爲有罪此二者其名甚美而其實非大有益也而議者欲以此等致天下之大治臣竊以爲過矣夫法之於人猶

五聲六律之於樂也法之不能無姦猶五聲六律之不能無淫樂也先王知其然故存其大畧而付之於人苟不至於害人而不可彊去者皆不變也

承上接下無痕

故曰失在任人而已夫有人而不用與用而不行其言行其言而不盡其心其失一也古之與王二人而已湯以伊尹武王以太公皆捐天下以與之而後伊呂得捐其一身以經營天下君不疑其臣功成而無後患是以知無不言言無不行其所欲用雖其親愛可也其所欲誅雖其讎隙可也使其

遼寧省圖書館藏陶湘舊藏閔凌刻本集成

用人之弊
轉入深處
損挫

心無所顧忌故能盡其才而責其成功及至後世之君始用區區之小數以繩天下之豪俊故雖有國士而莫爲之用夫賢人君子之欲有所樹立以著不朽於後世者甚於人君顧恐功未及成而有所奪祗以速天下之亂耳鼂錯之事斷可見矣夫奮不顧一時之禍决然徒欲以身試人主之威者亦以其所挾者不甚大也斯固未足與有爲而沉毅果敢之士又必有待而後發苟人主不先自去其不可測而示其可信則彼孰從而發哉慶曆中

推原所以不敢輕發

實

天子急於求治擢用元老天下日夜望其成功方其深思遠慮而未有所發也雖天子亦遲之至其一旦發憤條天下之利害百未及一二而舉朝喧嘩以至于逐去曾不旋踵此天下之士所以相戒而不敢深言也居今之勢而欲納天下於至治非大有所矯拂於世俗不可以有成也何者天下獨患柔弱而不振怠惰而不肅苟且偷安而不知長久之計臣以為宜如諸葛亮之治蜀王猛之治秦使天下悚然人人不敢飾非務盡其心凡此者皆

暫看似迂不知乃是

一篇骨髓

雖在此矣

與前伊尹太公引用重疊

任人之道在信人

一掉尾便應其首

庸人之所大惡而讒言之所由與也是故先主拒關張之間而後孔明得以盡其才符堅斬樊世逐仇騰黜席寶而後王猛得以畢其功夫天下未嘗無二子之才也而人主思治又如此之勤相須甚急而相合甚難者獨患君不信其臣而臣不測其君而已矣惟天子一日慨然明告執政之臣所以欲爲者使知人主之深知之也而內爲之信然後敢有所發於外而不顧不然雖得賢人千萬一日百變法天下益不可治歲復一歲而終無以大慰

天下之望。不亦甚可惜哉。

只因當時韓魏富鄭杜祁諸公紛紛外遂而不能久於其朝故有此議

與潁濱君術五同

策畧四

天子與執政之大臣既已相得而無疑可以盡其所懷直已而行道則夫當今之所宜先者莫如破庸人之論以開功名之門而後天下可爲也夫治天下譬如治水方其奔衝潰決騰涌漂蕩而不可禁止也雖欲盡人力之所至以求殺其尺寸之勢而不可得及其既衰且退也駸駸乎若不足以終日故夫善治水者不惟有難殺之憂而又有易衰之患導之有方决之有漸疏其故而納其新使不

逸調

至於壅閼腐敗而無用嗟夫人知江河而有水患也而以爲沼沚之可以無憂是烏知舟楫灌漑之利哉夫天下之未平英雄豪傑之士務以其所長角奔而爭利惟恐天下一日無事也是以人人各盡其材雖不肖者亦自淬厲而不至於怠廢故其勇者相吞智者相賊使天下不安其生爲天下者知夫大亂之本起於智勇之士爭利而無厭是故天下既平則削去其具抑遠天下剛健好名之士而獎用柔懦謹畏之人不過數十年天下靡然無

復往時之無事也於是能者不自憤發而無以見其能不能者益以弛廢而無用當是之時人君欲有所爲而左右前後皆無足使者是以綱紀日壞而不自知此其爲患豈特英雄豪傑之士趑趄而已哉聖人則不然當其久安於逸樂也則以術起之使天下之心翹翹然常喜於爲善是故能安而不衰且夫人君之所恃以爲天下者天下皆爲而已不爲夫使天下皆爲而已不爲者開其利害之端而辨其榮辱之等使之踴躍奔走皆爲我役而

有識之言

弊根

不自知夫是以坐而收其功也如使天下皆欲不爲而得則天子誰與共天下哉今者治平之日久矣天下之患正在此也臣故曰破庸人之論開功名之門而後天下可爲也今夫庸人之論有二其上之人務爲寛深不測之量而下之士好言中庸之道此二者皆庸人相與議論舉先賢之言而猶取其近似者以自解說其無能而已矣夫寛深不測之量古人所以臨大事而不亂有以鎮世俗之躁蓋非以隔絶上下之情養尊而自安也譽之則

上牽下搭

蓋作於嘉祐之前與荆公变風俗之意同

以寬深不測之量與中庸之道而等人爲庸人而又兩發透之千古悮國老奸無處生活

勸非之則沮聞善則喜見惡則怒此三代聖人之所共也而後之君子必曰譽之不勸非之不沮聞善不喜見惡不怒斯以爲不測之量不已過乎夫有勸有沮有喜有怒然後有間而可入有間而可入然後智者得爲之謀才者得爲之用後之君子務爲無間夫天下誰能入之古之所謂中庸者盡萬物之理而不過故亦曰皇極夫極盡也後之所謂中庸者循循焉爲衆人之所能爲斯以爲中庸矣此孔子孟子之謂鄉原也一鄉皆稱原人焉無

所徃而不爲原人同乎流俗合乎汙世曰古之人何爲踽踽凉凉生斯世也爲斯世也善斯可矣謂其近於中庸而非故曰德之賊也孔子孟子惡鄉原之賊夫德也欲得狂者而見之狂者又不可得見欲得獧者而見之曰狂者進取獧者有所不爲也今日之患惟不取於狂者獧者皆取於鄉原是以若此靡靡不立也孔子子思之所從受中庸者也孟子子思之所授以中庸者也然皆欲得狂者獧者而與之然則淬勵天下而作其怠惰莫如狂

只收下之人一

邊而上之人在其中矣

者猥者之賢也。臣故曰破庸人之論。開功名之門。而後天下可爲也。

策畧五

天子者以其一身寄之乎巍巍之上以其一心運之乎茫茫之中安而爲太山危而爲累卵其間不容毫釐是故古之聖人不恃其有可畏之資而恃其有可愛之實不恃其有不可拔之勢而恃其有不忍叛之心何則其所居者天下之至危也天子恃公卿以有其天下公卿大夫士以至於民轉相屬也以有其富貴苟不得其心而欲羈之以區區之名控之以不足恃之勢者其平居無事猶有以

以上是一頭

極言天子不親其下之病

相制一旦有急是皆行道之人掉臂而去尚安得而用之古之失天下者皆非一日之故其君臣之權去已久矣適會其變是以一散而不可復收方其未也天子甚尊大夫士甚賤奔走萬里無敢後先儼然南面以臨其臣曰又何言哉百官俯首就位斂足而退兢兢惟恐有罪羣臣相率為苟安之計賢者既無所施其才而愚者亦有所容其不肖舉天下之事聽其自為而已及乎事出於非常變起於不測視天下莫與同其患雖欲分國以與人

却借器來游衍據論是無中生有

就器上又將古人得處一翻摹寫有生色

而且不及矣秦二世唐德宗蓋用此術以至於顛沛而不悟豈不悲哉天下者器也天子者有此器者也器久不用而置諸篋笥則器與人不相習是以扞格而難操良工者使手習知其器而器亦習知其手手與器相信而不相疑夫是故所爲而成也天下之患非經營禍亂之足憂而養安無事之可畏何者懼其一旦至於扞格而難操也昔之有天下者日夜淬厲其百官撫摩其人民爲之朝聘會同燕享以交諸侯之歡歲時月朔致民讀法飲

酒蜡獵以遂萬民之情有大事自庶人以上皆得至於外朝以盡其詞猶以爲未也而五載一廵守朝諸侯于方岳之下親見其耆老賢士大夫以周知天下之風俗凡此者非以爲苟勞而已將以馴致服習天下之心使不至于扞格而難操也及至後世壞先王之法安於逸樂而惡聞其過是以養尊而自高務爲深嚴使天下拱手以貌相承而心不服其腐儒老生又出而爲之説曰天子不可以妄有言也史且書之後世且以爲譏使其君臣相

以上一句句伏後五事案

應

視而不相知如此則偶人而已矣天下之心既已去而倀倀焉抱其空器不知英雄豪傑已議其後臣嘗觀西漢之初高祖創業之際事變之興亦已繁矣而高祖以項氏創殘之餘與信布之徒爭馳於中原此六七公者皆以絕人之姿據有土地甲兵之衆其勢足以爲亂然天下終以不揺卒定於漢傳十數世矣而至於元成哀平四夷嚮風兵革不試而王莽一豎子乃舉而移之不用寸兵尺鐵而天下屏息莫敢或爭此其故何也創業之君出

於布衣其大臣將相皆有握手之歡凡在朝廷者皆有嘗試擠掇以知其才之短長彼其視天下如一身苟有疾痛其手足不期而自救當此之時雖有近憂而無遠患及其子孫生於深宮之中而狃於富貴之勢尊卑闊絶而上下之情疎禮節繁多而君臣之義薄是故不爲近憂而常爲遠患及其一旦固已不可救矣聖人知其然是以去苛禮而務至誠黜虛名而求實效不愛高位重祿以致山林之士而欲聞切直不隱之言者凡皆以通上下

以下五條件件可以經世務

之情也昔我太祖太宗既有天下法令簡約不爲崖岸當時大臣將相皆得從容終日歡如平生下至士庶人亦得以自效故天下稱其言至今非有文采緣飾而開心見誠有以入人之深者此英主之奇術御天下之大權也方今治平之日久矣臣愚以爲宜日新盛德以激昂天下久安怠惰之氣故陳其五事以備採擇其一曰將相之臣天子所恃以爲治者宜日夜召論天下之大計且以熟觀其爲人其二曰太守刺史天子所寄以遠方之民

者其罷歸皆當問其所以爲政民情風俗之所安亦以揣知其才之所堪其三曰左右扈從侍讀侍講之人本以論說古今興衰之大要非以應故事備數而已經籍之外苟有以訪之無傷也其四曰吏民上書苟小有可觀者宜皆召問優游以養其敢言之氣其五曰天下之吏自一命以上雖其至賤無以自通於朝廷然人主之爲豈有所不可哉察其善者卒然召見之使不知其所從來如此則遠方之賤吏亦務自激發爲善不以位卑祿薄無

由自通于上而不修飾使天下習知天子樂善親賢卹民之心孜孜不倦如此翕然皆有所感發知愛於君而不可與爲不善亦將賢人衆多而姦吏衰少刑法之外有以大慰天下之心焉耳

行文如行雲如江流曲盡文家游衍之妙

順叙

策斷上

二虜爲中國患至深遠也天下謀臣猛將豪傑之士欲有所逞於西北者久矣聞之兵法曰先爲不可勝以待敵之可勝嚮者臣愚以爲西北雖有可勝之形而中國未有不可勝之備故竊嘗以爲可特設一官使獨任其責而執政之臣得以專治内事苟天下之弊莫不盡去紀綱修明食足而兵强百姓樂業知愛其君卓然有不可勝之備如此則臣固將備論而極言之夫天下將興其積必有源

驚人

急則治標之說

一段精神

天下將亡其發必有門聖人者唯知其門而塞之古之亡天下者四而天子無道不與焉蓋有以諸侯强偪而至於亡者周唐是也有以匹夫橫行而至於亡者秦是也有以大臣執權而至於亡者漢魏是也有以蠻夷内侵而至於亡者二晉是也使此七代之君皆能逆知其所由亡之門而塞之則至於今可以不廢惟其諱亡而不爲之備或備之而不得其門故禍發而不救夫天子之勢蟠於天下而結於民心者甚厚故其亡也必有大隙焉而

脫卸得好

日潰之其窺之甚難其取之甚密曠日持久然後可得而間蓋非有一日卒然不救之患也是故聖人必於其全安甚盛之時而塞所由亡之門蓋臣以爲當今之患外之可畏者西戎北狄而內之可畏者天下之民也西戎北狄不足以爲中國大憂而其動也有以召內之禍內之民實執存亡之權而不能獨起其發也必將待外之變先之以戎狄而繼之以吾民臣之所謂可畏者在此而已昔者敵國之患起於多求而不供供者有倦而求者無

冷甚緊甚不冷不緊

古今以來名言切弊

厭以有倦供無厭而能久安於無事者天下未嘗有也故夫二虜之患特有遠近耳而要以必至於戰敢問今之所以戰者何也其無乃出於倉卒而備於一時乎且夫兵不素定而出於一時當其危疑擾攘之間而吾不能自必則權在敵國權則敵國則吾欲戰不能欲休不可進不能戰而退不能休則其計將出於求和求和而自我則其所以爲媾者必重軍旅之後而繼之以重媾則國用不足國用不足則加賦於民加賦而不已則凡暴取豪

上言當今將亡之門此下言塞亡之門之道

奪之法不得不施於今之世矣天下一動變生無方國之大憂將必在此蓋嘗聞之用兵有權權之所在其國乃勝是故國無小大兵無強弱有小國弱兵而見畏於天下者權在焉耳千鈞之牛制於三尺之童弭耳而下之曾不如狙猿之奮擲於山林此其故何也權在人也我欲則戰不欲則守戰則天下莫能支守則天下莫能窺昔者秦嘗用此矣開關出兵以攻諸侯則諸侯莫不願割地而求和諸侯割地而求和於秦秦人未嘗急於割地之

了却吾民一節

與唐太宗事重

利若不得已而後應故諸侯常欲和而秦常欲戰如此則權固在秦矣且秦非能强於天下之諸侯秦惟自必而諸侯不能是以天下百變而卒歸於秦諸侯之利固在從也朝聞陳軫之說而合爲從暮聞張儀之計而散爲横秦則不然横人之欲爲横從人之欲爲從皆使其自擇而審處之諸侯相顧而終莫能自必則權之在秦不亦宜乎嚮者寶

元慶曆之間河西之役可以見矣其始也不得已而後戰其終也逆探其意而與之和又從而厚餽

透

之。惟恐其一日復戰也。如此則賊常欲戰而我常欲和。賊非能常戰也。特持其欲戰之形以乘吾欲和之勢。賊屢用而屢得志。是以中國之大而權不在焉。欲天下之安。則莫若使權在中國。欲權之在中國。則莫若先發而後罷。示之以不憚。形之以好戰而後天下之權有所歸矣。今夫庸人之論。則曰勿爲禍始。古之英雄之君。豈其樂禍而好殺。唐太宗既平天下。而又歲歲出師以從事於夷狄。蓋晚而不倦。暴露於千里之外。親擊高麗者再焉。凡此

與秦事重卻是作文衍之法

此中須費多少處置却抽出在後兩篇

者皆所以爭先而處強也當時羣臣不能深明其意以爲敵國無釁而我則發之夫爲國者使人備巳則權在我而使巳備人則權在人當太宗之時四夷狼顧以備中國故中國之權重茍不先之則彼或以執其權矣而我又鰓鰓焉惡戰而樂罷使敵國知吾之所忌而以是取必於吾如此則雖有天下吾安得而爲之唐之衰也惟其厭兵而畏戰一有敗衄則兢兢焉縮首而去之是故姦臣執其權以要天子及至憲宗奮而不顧雖小挫而不爲

之沮當此之時天下之權在於朝廷伐之則足以爲威舍之則足以爲恩臣故曰先發而後罷則權在我矣

戰守之間使權在我而不在敵千古情形皆然然終未易言故有下二篇以實其說

此文論大小情事刺骨

策斷中

臣聞用兵有可以逆爲數十年之計者有朝不可以謀夕者攻守之方戰鬬之術一日百變猶以爲拙若此者朝不可以謀夕者也古之欲謀人之國者必有一定之計勾踐之取吳秦之取諸侯高祖之取項籍皆得其至計而固執之是故有利有不利有進有退百變而不同而其一定之計未始易也勾踐之取吳是驕之而已秦之取諸侯是散其從而已高祖之取項籍是間踈其君臣而已此其

主 客

至計不可易者雖百年可知也今天下晏然未有用兵之形而臣以爲必至於戰則其攻守之方戰鬭之術固未可以豫論而臆斷也然至於用兵之大計所以固執而不變者臣請得以豫言之夫西戎北胡皆爲中國之患而西戎之患小北胡之患大此天下之所明知也管仲曰攻堅則瑕者堅攻瑕則堅者瑕故二者皆所以爲憂而臣以爲兵之所加宜先於西故先論所以制禦西戎之大畧今夫鄒與魯戰則天下莫不以爲魯勝大小之勢異

敘得踈爽而不堆可以為法

也。然而勢有所激，則大者失其所以爲大，而小者忘其所以爲小。故有以鄒、滕、魯者矣。夫大有所短，小有所長。地廣而備多，備多而力分；小國聚而大國分，則强弱之勢，將有所反。大國之人，譬如千金之子，自重而多疑；小國之人，計窮而無所恃，則致死而不顧。是以小國常勇，而大國常怯。恃大而不戒，則輕戰而屢敗；知小而自畏，則深謀而必克。此又其理然也。夫民之所以守戰至死而不去者，以其君臣上下歡欣相得之際也。國大則君尊而上下不交將軍貴而吏士不親法令繁而民無所措其手足若夫小國之民截然其若一家也有憂則相郵有急則相赴凡此數者是小國之所長而大國之所短也大國而不用其所長使小國常出於其所短雖百戰而百屈豈足怪哉且夫大國則國固有所長矣長於戰而不長於守夫守者出於不足而已譬之於物大而不用則易以腐敗故凡擊搏進取所以用大也孫武之法十則圍之五則攻之倍則分之敵則能戰之少則能逃之不若則能

避之自敵以上者未嘗有不戰也自敵以上而不戰則是以有餘而用不足之計固已失其所長矣凡大國之所恃吾能分兵而彼不能分吾能數出而彼不能應譬如千金之家日出其財以罔市利而販夫小民終莫能與之競者非智不若其財少也是故販夫小民雖有桀黠之才過人之智而其勢不得不折而入於千金之家何則其所長者不可以與較也西戎之於中國可謂小國矣嚮者惟不用其所長是以聚兵連年而終莫能服今欲用

吾之所長則莫若數出數出莫若分兵臣之所謂分兵者非分屯之謂也分其居者與行者而已今河西之戍卒惟患其多而莫之適用故其便莫若分兵使其十一而行則一歲可以十出十二而行則一歲可以五出十一而十出十二而五出則是一人而歲一出也吾一歲而一出彼一歲而十被兵焉則衆寡之不侔勞逸之不敵亦已明矣夫用兵必出於敵人之所不能我大而敵小是故我能分而彼不能此吳之所以肄楚而隋之所以狃陳

歟。夫禦戎之術。不可以逆知其詳。而其大畧。臣未見有過此者矣。

策斷下

其次請論北狄之勢。古者匈奴之衆不過漢一大縣。然所以能敵之者。其國無君臣上下朝覲會同之節。其民無穀米絲麻耕作織紝之勞。其法令以言語爲約。故無文書符傳之繁。其居處以逐水草爲常。故無城郭邑居聚落守望之助。其旃裘肉酪足以爲養生送死之具。故戰則人人自鬬。敗則驅牛羊遠徙。不可得而破。蓋非獨古聖人法度之所不加。亦天性之所安者。猶狙猿之不可使冠帶。虎

承上起下

此論出由余然二語自透

妙

豹之不可被以羈紲也故中行説教單于無愛漢物所得繒絮皆以馳草棘中使衣袴弊裂以示不如旃裘之堅善也得漢食物皆去之以示不如湩酪之便美也由此觀之中國以法勝而匈奴以無法勝聖人知其然是故精修其法而謹守之築爲城郭塹爲濤池大倉廩實府庫明烽燧遠斥堠使民知金鼓進退坐作之節勝不相先敗不相後此其所以謹守其法而不敢失也一失其法則不如無法之爲便也故夫各輔其性而安其生則中國

要眘

與胡本不能相犯惟其不然是故皆有以相制胡人之不可從中國之法猶中國之不可從胡人之無法也今夫佩玉服韍冕而垂旒者此宗廟之服所以登降揖讓折旋俯仰爲容者也而不可以騎射今夫蠻夷而用中國之法豈能盡如中國哉苟不能盡如中國而雜用其法則是佩玉服韍冕垂旒而欲騎射也昔吳之先斷髮文身與魚鼈龍蛇居者數十世而諸侯不敢窺也其後楚申公巫臣始教以乘車射御使出兵侵楚而闔廬夫差又逞

妙語

峭兩層甚變幻波瀾

其無厭之求。闕溝通水。遂與齊晉爭强。黄池之會。强自冠帶。吳人不勝其弊。卒臣於越。夫吳之所以强者。乃其所以亡也。何者。以蠻夷之資而貪中國之美。宜其可得而圖之哉。西晉之亡也。匈奴鮮卑氐羌之類。紛紜中國。而其豪傑間起。爲之君長。如劉元海苻堅石勒慕容儁之儔。皆以絶異之姿。驅駕一時之賢俊。其强者至有天下大半。然終於覆亡相繼。遠者不過一傳再傳而滅。何也。其心固安於無法也。而束縛於中國之法。中國之人固安於

至理妙言

法也而苦其無法君臣相戾上下相厭是以雖建都邑立宗廟而其心岌岌然常若寄居於其間而安能久乎且人而弃其所得於天之分未有不亡者也契丹自五代南侵乘石晉之亂奄至京邑覩中原之富麗廟社宮闕之壯而悅之知不可以留也故歸而竊習焉山前諸郡既爲所并則中國士大夫有立其朝者矣故其朝廷之儀百官之號文武選舉之法都邑郡縣之制以至於衣服飲食皆雜取中國之象然其父子聚居貴壯而賤老貪得

有味

此一字妙

而忘失勝不相讓敗不相救者猶在也其中未能革其犬羊豺狼之性而外牽於華人之法此其所以自投於陷穽網羅之中而中國之人猶曰今之匈奴非古也其措置規畫皆不復蠻夷之心以爲不可得而圖之亦過計矣且夫天下固有沈謀陰計之士也昔先王欲圖大事立奇功則非斯人莫足與共秦之尉繚漢之陳平皆以樽俎之間而制敵國之命此亦王者之心期以紓天下之患而已彼契丹者有可乘之勢三而中國未之思焉則亦

足惜矣臣觀其朝廷百官之衆而中國士大夫交錯於其間固亦有賢俊慷慨不屈之士而詬辱及於公卿鞭朴行於殿陛貴爲將相而不免囚徒之耻宜其言惋憤鬱結而思變者特未有路耳凡此皆可以致其心雖不爲吾用亦以間疏其君臣此由余之所以入秦也幽燕之地自古號多雄傑名於圖史者往往而是自宋之興所在賢俊雲合響應無有遠邇皆欲洗濯磨淬以觀上國之光而此一方獨陷於非類昔太宗皇帝親征幽州未克而

若其無法

此三轉尤妙

班師聞之諜者曰幽州士民謀欲執其帥以城降者聞鑾輿之還無不泣下且胡人以爲諸郡之民非其族類故厚斂而虐使之則其思内附之心豈待深計哉此又足爲之謀也使上下相侵君民相疑然後可攻也語有之曰鼠不容穴虰窶藪也彼僭立四都分置守宰倉廪府庫莫不備具有一旦之急適足以自累守之不能棄之不忍華夷雜居易以生變如此則中國之長足以有所施矣然非特如此而已也中國不能謹守其法彼慕中國之

若其無法

深中

法不能純用是以勝負相持而未有決也夫蠻夷者以力攻以力守以力戰顧力不能則逃中國則不然其守以形其攻以勢其戰以氣故百戰而力有餘形者有所不守而敵人莫不忌也勢者有所不攻而敵人莫不懼也氣者有所不戰而敵人莫不懾也苟去此三者而角之於力則中國固不敵矣尚何云乎惟國家留意其大者而爲之計其小者臣未敢言焉

蘇氏父子之論虜情一、深中

蘇文忠公策論目

卷三策選

省費用
蓄材用
練軍實
勸親睦
均戶口
較賦役
去奸民
倡勇敢

卷四策選

論省府久任不獨文聖切中經濟

霹頭引喻起

切中事情

蘇文忠公策選卷之三

歸安鹿門茅坤
景陵伯敬鍾惺
批評

專任使

夫吏之與民，猶工人之操器，易器而操之，其始莫不齟齬而不相得，是故雖有長才異能之士，朝夕而去，則不如庸人之久且便也。自漢至今，言吏治者，皆推孝文之時，以爲任人不可以倉卒而責其成功，又其三歲一遷，吏不爲長遠之計，則其所施

今之隸省之郡亦如此

設一切出於苟簡此天下之士爭以爲言而臣知其未可以卒行也夫天下之吏惟其病多而未有以處也是以擾擾在此如使五六年或七八年而後遷則將有十年不得調者矣朝廷方將減任子清冗官則其行之當有所待而臣以爲當今之弊有甚不可者夫京兆府天下之所觀望而化王政之所由始也四方之衝兩河之交舟車商賈之所聚金珠錦繡之所積故其民不知有耕稼織紝之勞富貴之所移貨利之所眩故其民不知有恭儉

廉退之風以書數爲終身之能以府史賤吏爲鄉黨之榮故其民不知有儒學講習之賢夫是以獄訟繁滋而姦不可止爲治者益以苟且而不暇及於教化四方觀之使風俗日以薄惡未始不由此也今夫爲京兆者戴星而出見燭而入案牘笞箠交乎其前拱手而待命者足相躡乎其庭持詞而求訴者肩相摩乎其門憧憧焉不知其爲誰一訊而去得罪者不知其得罪之由而無罪者亦不知其無罪之實如此則刑之不服赦之不悛獄訟之

令之户部及工部亦如此

繁未有已也夫大司農者天下之所以贏虚外計之所從受命也其財賦之出入簿書之交錯縱橫變化足以爲姦而不可推究上之人不能盡知而付之吏吏分職乎其中者以數十百人其耳目足以及吾之所不及是以能者不過粗舉其大綱而不能者惟吏之聽賄賂交乎其門四方之有求者聚乎其家天下之大弊無過此二者臣竊以爲今省府之重其擇人宜精其任人宜久凡今之弊皆不精不久之故何則天下之賢者不可以多得而

客

主

賢者之中求其治繁者又不可以人人而能也幸而有一人焉又不久而去夫世之君子苟有志於天下而欲爲長遠之計者則其效不可以朝夕見其始若迂闊而其終必將有所可觀今期月不報政則朝廷以爲是無能爲者不待其成而去之而其翕然見稱於人者又以爲有功而擢爲兩府然則是爲省府者能與不能皆不得久也夫以省府之繁終歲不得休息朝廷既以汲汲而去之而其人亦莫不汲汲而求去夫胥吏者皆老於其局長

致敝之由

坊中情弊

洗發

子孫於其中以汲汲求去之人而御長子孫之吏此其相視如客主之勢宜其姦弊不可得而去也省府之位不爲卑矣苟有能者而老於此不爲不用矣古之用人者知其久勞於位則時有以賜予勸獎之以厲其心不聞其驟遷以奪其成效今天下之吏縱未能一槩久而不遷至於省府亦不可以倉卒而去吏知其久居而不去也則其欺詐固已少衰矣而其人亦得深思熟慮周旋於其間不過十年將必有卓然可觀者也

又好

議論近申韓而文自中律

厲法禁

昔者聖人制爲刑賞知天下之樂乎賞而畏乎刑也是故施其所樂者自下而上民有一介之善不終朝而賞隨之是以上之爲善者足以知其無有不賞也施其所畏者自上而下公卿大臣有毫髮之罪不終朝而罰隨之是以下之爲不善者亦足以知其無有不罰也詩曰剛亦不吐柔亦不茹夫天下之所謂權豪貴顯而難令者此乃聖人之所借以狥天下也舜誅四凶而天下服何也此四族

批得好

者天下之大族也夫惟聖人爲能擊天下之大族以服小民之心故其刑罰至於措而不用周之衰也商鞅韓非峻刑酷法以督責天下然所以爲得者用法始於貴戚大臣而後及於疎賤故能以其國霸由此觀之商鞅韓非之刑非舜之刑而所以用刑者舜之術也後之庸人不深原其本末而猥以舜之用刑之術與商鞅韓非同類而棄之法禁之不行姦宄之不止由此其故也今夫州縣之吏受賂以鬻獄其罪至於除名而其官不足以贖則

切中今日情弊

至於嬰木索受笞箠此天下亦之至辱也而士大夫或冒行之何者其心有所不服也今夫大吏之爲不善非特簿書米鹽出入之間也其位愈尊則其所害愈大其權愈重則其下愈不敢言幸而有不畏彊禦之士出力而排之又幸而不爲上下之所抑以遂成其罪則其官之所减者至於罰金蓋無幾矣夫過惡暴著於天下而罰不傷其毫毛鹵莽於公卿之間而纖悉於州縣之小吏用法如此宜其天下之不心服也用法而不服其心雖刀鋸

斧鉞猶將有所不避而况木索笞箠哉方今法令至繁觀其所以防姦之具一舉足且入其中而大吏犯之不至於可畏其故何也天下之議者曰古者之制刑不上大夫大臣不可以法加也嗟夫刑不上大夫者豈曰大夫以上有罪而不刑歟古之人君責其公卿大臣至重而待其士庶人至輕也責之至重故其所以約束之者愈寬待之至輕故其所以隄防之者甚密夫所貴乎大臣者惟其不待約束而後免於罪戾也是故約束愈寬而大臣

洗發得好

益以畏法。何者？其心以爲人君之不我疑而不忍欺也。苟幸其不疑而輕犯法，則固已不容於誅矣。故夫大夫以上有罪不從於訊鞫論報如士庶人之法，斯以爲刑不上大夫而已矣。天下之吏，自一命以上，其涖官臨民苟有罪，皆書於其所謂歷者，而至於館閣之臣出爲郡縣者，則遂罷去。此眞聖人之意，欲有以重責之也。奈何其與士庶人較罪之輕重，而又以其爵減耶？夫律有罪而得以首免者，所以開盜賊小人自新之塗，而今之卿大夫有

今之宰相及中官往往有此

罪亦得以首免是以盜賊小人待之歟天下惟無罪也是以罰不可得而加知其有罪而特免其罰則何以令天下今夫大臣有不法或者既以舉之而詔曰勿推此何爲者也聖人爲天下豈容有此曖昧而不決故曰厲法禁自大臣始則小臣不犯矣

與潁濵臣事八意同

以客形主

抑僥倖

夫所貴乎人君者，予奪自我，而不牽於衆人之論也。天下之學者莫不欲仕，仕者莫不欲貴，如從其欲，則舉天下皆貴而後可。惟其不可從也，是故仕不可以輕得，而貴不可以易致。此非有所吝也，爵祿出乎我者也，我以爲可予而予之，我以爲可奪而奪之，彼雖有言者，不足畏也。天下有可畏者，賦斂不可以不均，刑罰不可以不平，守令不可以不擇，此誠足以致天下之安危而可畏者也。我欲愼爵賞愛名器而囂囂者以爲不可是烏足䘏哉國家自近歲以來吏多而闕少率一官而三人共之居者一人去者一人而伺之者又一人是一官而有二人者無事而食也且其蒞官之日淺而閑居之日長以其蒞官之所得而爲閑居仰給之資是以貪吏常多而不可禁此用人之大弊也古之用人其取之至寛而用之至狹取之至寛故賢者不隔用之至狹故不肖者無所容記曰司馬辨論官材論進士之賢者以告於王而定其論論定然後

宋制與今日不同

官之任官然後爵之位定然後祿之然則是取之者未必用也今之進士自二人以下者皆試官夫試之者豈一定之謂哉固將有所廢置焉耳國家取人有制策有進士有明經有詞科有任子有府史雜流凡此者雖衆無害也其終身進退之决在乎召見改官之日此尤不可以不愛惜愼重者也今之議者不過曰多其資考而責之以舉官之數且彼有勉彊而已資考既足而舉官之數亦以及格則將執文墨以取必於我雖千百爲輩莫敢不

盡與臣竊以爲今之患正在於任法太過是以爲一定之制使天下可以歲月必得甚可惜也方今之便莫若使吏六考以上皆得以名聞於吏部吏部以其資考之遠近舉官之衆寡而次第其名然後使一二大臣雜治之參之以其才器之優劣而定其等歲終而奏之以詔天子廢置度天下之吏每歲以物故罪免者幾人而增損其數以所奏之等補之及數而止使其予奪亦雜出於賢不肖之間而無有一定之制則天下之吏不敢有必得之

即前任法不如任人

與今日進士及宋時進士之制不同

心將自奮厲磨淬以求聞於時而嚮之所謂用人之大弊者亦不勞而自去然而議者必曰法不一定而以才之優劣爲差則是好惡之私有以啟之也臣以爲不然夫法者本以存其大綱而其出入變化固將付之於人昔者唐有天下舉進士者羣至於有司之門唐之制惟有司之信也是故有司得以搜羅天下之賢士而習知其爲人至於一日之試則固已不取矣唐之得人於斯爲盛今以名聞於吏部者每歲不過數十百人使一二大臣得

一轉作掉尾妙

以訪問參考其才。雖有失者。蓋已寡矣。如必曰任法而不任人。天下之人必有可信。則夫一定之制臣未知其果不可以爲姦也。

省事勵精二者亦切中今日之情

行文之妙一至于此

言人所已言若言人所未言别有心手

決壅蔽

所貴乎朝廷清明而天下治平者何也天下不訴而無寃不謁而得其所欲此堯舜之盛也其次不能無訴訴而必見察不能無謁謁而必見省使遠方之賤吏不知朝廷之高而一介之小民不識官府之難而後天下治今夫一人之身有一心兩手而已疾痛疴癢動於百體之中雖其甚微不足以爲患而手隨至夫手之至豈其一一而聽之心哉心之所以素愛其身者深而手之所以素聽於心

今自兩京府部以達之於諸藩臬郡縣並坐此弊

者熟是故不待使令而卒然以自至聖人之治天下亦如此而已百官之衆四海之廣使其關節脉理相通爲一叩之而必聞觸之而必應夫是以天下可使爲一身天子之貴士民之賤可使相愛憂患可使同緩急可使救令也不然天下有不幸而訴其冤如訴之於天有不得已而謁其所欲如謁之於鬼神公卿大臣不能究其詳悉而付之於胥吏故凡賄賂先至者朝請而夕得徒手而來者終年而不獲至於故常之事人之所當得而無疑者

搜出病根

莫不務爲留滯以待請屬舉天下一毫之事非金錢無以行之昔者漢唐之弊患法不明而用之不密使吏得以空虛無據之法而繩天下故小人以無法爲姦今也法令明具而用之至密舉天下惟法之知所欲排者有小不如法而可指以爲瑕所欲與者雖有所乖戾而可借法以爲解故小人以法爲姦今夫天下所爲多事者豈事之誠多耶吏欲有所齎而未得則新故相仍紛然而不決此王化之所以壅遏而不行也昔桓文之覇百官承職

不待教令而辨四方之賓至不求有司王猛之治秦事至纖悉莫不盡舉而人不以爲煩蓋史之所記麻思還冀州請於猛猛曰速裝行矣至暮而符下及出關郡縣皆已被符其令行禁止而無留事者至於纖悉莫不皆然符堅以戎狄之種至爲霸王兵彊國富垂及升平者猛之所爲固宜其然也今天下治安大吏奉法不敢顧私而府史之屬招權鬻法長吏心知而不問以爲當然此其弊有二而已事繁而官不勤故權在胥吏欲去其弊也莫

如省事而厲精省事莫如任人厲精莫如自上率之今之所謂至繁天下之事關於其中訴者之多而謁者之衆莫如中書與三司天下之事分於百官而中書聽其治要郡縣錢幣制於轉運使而三司受其會計此宜若不至於繁多然中書不待奏課以定其黜陟而關與其事則是不任有司也三司之吏推析贏虛至於毫毛以繩郡縣則是不任轉運使也故曰省事莫如任人古之聖王愛日以求治辨色而視朝苟少安焉而至於日出則終日

爲之不給以少而言之一日而廢一事一月則可知也一歲則事之積者不可勝數矣欲事之無繁則必勞於始而逸於終晨興而晏罷天子未退則宰相不敢歸安於私第宰相日昃而不退則百官莫不震悚盡力於王事而不敢宴游如此則纖悉隱微莫不舉矣天子求治之勤過於先王而議者不稱王季之宴朝而稱舜之無爲不論文王之日昃而論始皇之量書此何以率天下之怠耶臣故曰厲精莫如自上率之則壅蔽决矣

發端奇甚

余論穰苴用兵亦有此言蓋用法嚴明者立法必簡易〻從而後可責以不從也

無責難

無責難者將有所深責也昔者聖人之立法使人可以過而不可以不及何則其所求於人者衆人之所能也天下有能爲衆人之所不能者固無以加矣而不能者不至於犯法天下如此而猶有犯者然後可以深懲而決去之由此而言則聖人之所以不責人之所不能者將以深責乎人之所能也後之立法者異於是責人以其所不能而其所能者不深責也是以其法不行而其事不立夫事

今之舉者亦當倣宋連坐之法

不可以兩立也聖人知其然是故有所取必有所捨有所禁必有所寬寬之則其禁必止捨之則其取必得今夫天下之吏不可以人人而知也故使長吏舉之又恐其舉之以私而不得其人也故使長吏任之他日有敗事則以連坐其過惡重者其罰均且夫人之難知自堯舜病之矣今日爲善而明日爲惡猶不可保况於十數年之後其幼者已壯其壯者已老而猶執其一時之言使同被其罪不已過乎天下之人仕而未得志也莫不勉彊爲

善以求舉惟其旣已改官而無憂是故蕩然無所不至方其在州縣之中長吏親見其廉謹勤幹之節則其勢不可以不舉而又安知其終身之所爲哉故曰今之法責人以其所不能者謂此也一縣之長察一縣之屬一郡之長察一郡之屬職司者察其屬郡者也此三者其屬無幾耳其貪其廉其寬猛其能與不能不可謂不知也今且有人牧牛羊者而不知其肥瘠是可復以爲牧人歟夫爲長而屬之不知則此固可以罷免而無足惜者今其

錯落

屬官有罪而其長不即以聞他日有以告者則其長不過爲失察而去官者又以不坐夫失察天下之微罪也職司察其屬郡郡縣各察其屬此非人之所不能而罰之甚輕亦可怪也今之世所以重發贓吏者何也夫吏之貪者其始必詐廉以求舉舉者皆王公貴人其下者亦卿大夫之列以身任之居官者莫不愛其同類等夷之人故其樹根牢固而不可動連坐者常六七人甚者至十餘人此如盜賊質刼良民以求苟免耳爲法之弊至於如

其所糾者不深責

責不能之敝

此亦可變巳乎如臣之策以職司守令之罪罪舉官以舉官之罪罪職司守令今使舉官與所舉之罪均縱又加之舉官亦無如之何終不能逆知終身之廉者而後舉特推之於幸不幸而巳苟以其罪罪職司守令彼其勢誠有以督察之臣知貪吏小人無容足之地又何必於舉官焉難之

輕舉主連坐之法而重監司郡縣之長以督察所屬之吏

無沮善

昔者先王之爲天下必使天下欣欣然常有無窮之心力行不倦而無自棄之意夫惟自棄之人則其爲惡也甚毒而不可解是以聖人畏之設爲高位重祿以待能者使天下皆得踴躍自奮扳援而來惟其才之不逮力之不足是以終不能至於其間而非聖人塞其門絕其塗也夫然故一介之賤吏閭閻之匹夫莫不奔走於善至於老死而不知休息此聖人以術驅之也天下苟有甚惡而不可

又忽然生出一層為必可得者張本以與必不可得者相形

忍也聖人既已絕之則屏之遠方終身不齒此非獨不仁也以爲既已絕之彼將一旦肆其忿毒以殘害吾民是故絕之則不用用之則不絕既已絕之又復用之則是驅之於不善而又假之以其具也無所望而爲善無所愛惜而不爲惡者天下一人而已矣以無所望之人而責其爲善以無所愛惜之人而求其不爲惡又付之以人民則天下知其不可也世之賢者何常之有或出於賈豎賤人甚者至於盜賊往往而是而儒生貴族世之所望

含絕覺

含諷官吏看

接得無迹

客

註爲君子四字妙甚

先提起客案二

爲君子者或至於放肆不軌小民之所不若聖人知其然是故不逆定於其始進之時而徐觀其所試之效使天下無必得之由亦無必不可得之道天下知其不可以必得也然後勉彊於功名而不敢僥倖知其不至於必不可得也然後有以自慰其心久而不懈嗟夫聖人之所以鼓舞天下之人日化而不自知者此其爲術歟後之爲政者則不然與人以必得而絕之以必不可得此其意以爲進賢而退不肖然天下之弊莫甚於此今夫制策

含制策進士　進步　客　主

段已是與人以必得

三段是絕之以必不可得

與老泉養才論同

之及等進士之高第皆以一日之間而決取終身之富貴此雖一時之文詞而未知其臨事之能否則其用之不已大遽乎天下有用人而絕之者三州縣之吏苟非有大過而不可復用則其他犯法皆可使竭力爲善以自贖而今世之法一陷於罪戾則終身不遷使之不自聊賴而疾視其民肆意妄行而無所顧惜此其初未必小人也不幸而陷於其中途窮而無所入則遂以自棄府史賤吏爲國者知其不可闕也是故歲久則補以外官以其

客

主

所從來之卑也而限其所至則其中雖有出羣之才終亦不得齒於士大夫之列夫人出身而仕者將以求貴也貴不可得而至矣則將惟富之求此其勢然也如是則雖至於鞭笞戮辱而不足以禁其貪故夫此二者苟不可以遂棄則宜有以少假之也入貲而仕者皆得補郡縣之吏彼知其終不得遷亦將逞其一時之欲無所不至夫此誠不可以遷也則是用之之過而已臣故曰絕之則不用用之則不絕此三者之謂也

專為吏胥以下之末其情弊與今亦相參而文甚錯綜

說得盡情又近情子瞻論事往往如此

看他行文紆徐婉轉將言不言處

淺

敦教化

夫聖人之於天下所恃以爲牢固不拔者在乎天下之民可與爲善而不可與爲惡也昔者三代之民見危而授命見利而不忘義此非必有爵賞勸乎其前而刑罰驅乎其後也其心安於爲善而忸怩於不義是故有所不爲夫民知其所不爲則天下不可以敵甲兵不可以威利祿不可以誘可殺可辱可飢可寒而不可與叛此三代之所以享國長久而不拔也及至秦漢之世其民見利而忘義

中迂儒之病

客論上翻身
便

見危而不能援命法禁之所不及則巧僞變詐無所不爲疾視其長上而幸其災因之以水旱加之以盜賊則天下蕩然無復天子之民矣世之儒者嘗有言曰三代之時其所以教民之具甚詳且密也學校之制射鄉之節冠婚喪祭之禮粲然莫不有法及至後世教化之道衰而盡廢其具是以若此無耻也然世之儒者葢亦嘗試以此等教天下之民矣而卒以無效使民好文而益媮飾詐而相高則有之矣此亦儒者之過也臣愚以爲若此者

將言不言

有根本之言

皆好古而無術知有教化而不知名實之所存者也實者所以信其名而名者所以求其實也有名而無實則其名不行有實而無名則其實不長凡今儒者之所論皆其名也昔武王既克商散財發粟使天下知其不貪禮下賢俊使天下知其不驕封先聖之後使天下知其仁誅飛廉惡來使天下知其義如此則其教化天下之實固已立矣天下聳然皆有忠信廉恥之心然後文之以禮樂教之以學校觀之以射鄉而謹之以冠婚喪祭民是以

深

深中

辨了才說正意
信義二字提掇
後面許多病痛

目擊而心諭安行而自得也及至秦漢之世專用法吏以督責其民至於今千有餘年而民日以貪冒嗜利而無耻儒者乃始以三代之禮所謂名者而繩之彼見其登降揖讓盤辟俯僂之容則掩口而竊笑聞鐘鼓管磬希夷嘽緩之音則驚過而不樂如此而欲望其遷善遠罪不已難乎臣愚以爲宜先其實而後其名擇其近於人情者而先之今夫民不知信則不可與久居於安民不知義則不可與同處於危平居則欺其吏而有急則叛其君

經曰忠信本也礼樂文也

提當時二弊

此教化之實不至天下之所以無變者幸也欲民之知信則莫若務實其言欲民之知義則莫若務去其貪徃者河西用兵而家人子弟皆籍以爲軍其始也官告以權時之宜非久役者如是當復爾業少焉皆刺其額無一人得免自寶元以來諸道以兵興爲辭而增賦者至今皆不爲除去夫如是將何止民之詐欺哉夫所貴乎縣官之尊者爲其恃於四海之富而不爭於錐刀之末也其與民也優其取利也緩古之聖人不得已而取則時有所

朝廷

不信之實

末世之敝可羞

不義之實

總結

置以明其不貪何者小民不知其說而惟貪之知今鷄鳴而起百工雜作匹夫入市操挾尺寸吏且隨而稅之扼吭拊背以收絲毫之利古之設官者求以裕民今之設官者求以勝民（即今有司監榷之官）賦歛有常限而以先期爲賢出納有常數而以羨息爲能天地之間苟可以取者莫不有禁求利太廣而用法太密故民日趨於貪臣愚以爲難行之言當有所必行而可取之利當有所不取以教民信而示之義若曰國用不足而未可以行則臣恐其失之多於得

也。

東坡勸敦教化而以罷西河之兵與寶元以来增賦爲終其言雖近長老而其實則疏畧矣

此篇造語頗平

省費用

夫天下未嘗無財也昔周之興文王武王之國不過百里當其受命四方之君長交至於其廷軍旅四出以征伐不義之諸侯而未嘗患無財方此之時關市無征而山澤不禁取於民者不過什一而財有餘及其衰也內食千里之租外收千八百國之貢而不足於用由此觀之夫財豈有多少哉人君之於天下俯已以就人則易爲功仰人以援已則難爲力是故廣取以給用不如節用以廉取之

原 迻段說去 骨子

此等設喻極有生色

一跌才精神

用本朝配入前

爲易也臣請得以小民之家而推之夫民方其窮困時所望不過十金之資計其衣食之費妻子之奉出入於十金之中寬然而有餘及其一旦稍稍蓄聚衣食既足則心意之欲日以漸廣所入益衆而所欲益以不給不知罪其用之不節而以爲求之未至也是以富而愈貪求愈多而財愈不供此其爲惑未可以知其所終也盍亦反其始而思之夫嚮者豈能寒而不衣飢而不食乎今天下汲汲乎以財之不足爲病者何以異此國家創業之初

既詳此處只宜畧略點過

四方割據中國之地至狹也然歲歲出師以誅討僭亂之國南取荊楚西平巴蜀而東下并潞其費用之衆又百倍於今可知也然天下之士未嘗思其始而喘喘焉患今世之不足則亦甚惑矣夫爲國有三計有萬世之計有一時之計有不終月之計古者三年耕必有一年之蓄以三十年之通計則可以九年無飢也歲之所入足用而有餘是以九年之蓄常閒而無用卒有水旱之變盜賊之憂則官可以自辦而民不知如此者天不能使之災

地不能使之貧四夷盜賊不能使之困此萬世之計也而其不能者一歲之入纔足以爲一歲之出天下之產僅足以供天下之用其平居雖不至於虐取其民而有急則不免於厚賦故其國可靜而不可動可逸而不可勞此亦一時之計也至於最下而無謀者量出以爲入用之不給則取之益多天下晏然無大患難而盡用衰世苟且之法不知有急則將何以加之此所謂不終月之計也今天下之利莫不盡取山陵林麓莫不有禁關有征市

就譬喻上收極好

何等頓挫

有租鹽鐵有榷酒有課茶有筭則凡衰世苟且之法莫不盡用矣譬之於人其少壯之時豐健勇武然後可以望其無疾以至於壽考今未五六十而衰老之候具見而無遺若八九十者將何以待其後耶然天下之人方且窮思竭慮以廣求利之門且人而不思則以爲費用不可復省使天下而無鹽鐵酒茗之稅將不爲國乎臣有以知其不然也天下之費固有去之甚易而無損存之甚難而無益者矣臣不能盡知請舉其所聞而其餘可以類

節用

求焉夫無益之費名重而實輕以不急之實而被之以莫大之名是以疑而不敢去三歲而郊郊而赦赦而賞此縣官有不得已者天下吏士數日而待賜此誠不可以卒去至於大吏所謂股肱耳目與縣官同其憂樂者此豈亦不得已而有所畏耶天子有七廟今又飾老佛之宮而爲之祠固已過矣又使大臣以使領之歲給以巨萬計此何爲者也天下之吏爲不少矣將患未得其人苟得其人則凡民之利莫不備舉而其患莫不盡去今河水

未盡之意

爲患不使濵河州郡之吏親視其災而責之以救災之術顧爲都水監夫四方之水患豈其一人坐籌於京師而盡其利害天下有轉運使足矣今江淮之間又有發運祿賜之厚徒兵之衆其爲費豈勝計哉蓋嘗聞之里有畜馬者患牧人欺之而盜其芻菽也又使一人焉爲之廄長廄長立而馬益癯今爲政不求其本而治其末自是而推之天下無益之費不爲不多矣臣以爲凡若此者日求而去之自毫氂以往莫不有益惟無輕其毫氂而積

治河使

之則天下庶乎少息也

子瞻論節財處甚工而所舉郊之賞與夫宫觀使及都水監數者盖九負之一耳子瞻必有忌諱而未盡之說

蘇文忠公策選卷之四

歸安鹿門茅坤　批評
景陵伯敬鍾惺

蓄材用

夫今之所患兵弱而不振者，豈士卒寡少而不足使歟。器械鈍弊而不足用歟。抑爲城郭不足守歟。廪食不足給歟。此數者皆非也。然所以弱而不振，則是無材用也。夫國之有材，譬如山澤之有猛獸，江河之有蛟龍，伏乎其中而威乎其外，悚然有所

原

蓄材用一事作

如此深厚議論論事之文如說理惟子瞻能之

遠

今之世何以異此

不可狎者至於鰍蚖之所蟠牂豚之所伏雖千仞之山百尋之溪而人易之何則其見於外者不可欺也天下之大不可謂無人朝廷之尊百官之富不可謂無才然以區區之二虜舉數州之衆以臨中國抗天子之威犯天下之怒而其氣不嘗少衰其詞未嘗少挫則是其心無所畏也主憂則臣辱主辱則臣死今朝廷之士不能無憂而大臣恬然未有拒絶之議非不欲絶也而未有以待之則是朝廷無所恃也沿邊之民西顧而戰慄牧馬之士

以上論無才以下論求才

不敢彎弓而北嚮吏士未戰而先期於敗則是民輕其上也外之蠻夷無所畏內之朝廷無所恃而民又自輕其上此猶足以為有人乎天下未嘗無才患所以求才之道不至古之聖人以無益之名而致天下之實以可見之實而較天下之虛名二者相為用而不可廢是故其始也天下莫不紛然奔走從事於其間而要之以其終不肖者無以欺其上此無他先名而後實也不先其名而唯實之求則來者寡來者寡則不可以有所擇以一旦之

急而用不擇之人則是不先名之過也天子之所嚮天下之所奔也今夫孫吳之書其讀之者未必能戰也多言之士喜論兵者未必能用也進之以武舉試之以騎射天下之奇才未必至也然將以求天下之實則非此三者不可以致以爲未必然而棄之則是其必然者恐不可得而見也往者西師之興其先也惟不以虛名多致天下之才而擇之以待一旦之用故其兵興之際四顧惶惑而不知所措於是設武舉購方畧收勇悍之士而開猖

行文如決黃河之水而注之海

又從前一翻

狂之言不愛高爵重賞以求強兵之術當此之時天下囂然莫不自以爲知兵也來者日多而其言益以無據至於臨事終不可用執事之臣亦遂厭之而知其無益故兵休之日舉從而廢之今之論者以爲武舉方畧之類適足以開僥倖之門而天下之實才終不可以求得此二者皆過也夫既已用天下之虛名而不較之以實至其弊也又舉而廢其名使天下之士不復以兵術進亦已過矣天下之實才不可以求之於言語又不可以較之於

無實　名　透　婉

蕭何之拔韓信宗澤之拔岳飛又何假于治兵

今無新兵疑自一隊將始

武力獨見之於戰耳戰不可得而試也是故見之於治兵子玉治兵於蒍終日而畢鞭七人貫三人耳蒍賈觀之以爲剛而無禮知其必敗孫武始見試以婦人而猶足以取信於闔閭使知其可用故凡欲觀將帥之才否莫如治兵之不可欺也今夫新募之兵驕而難令勇悍而不知戰此眞足以觀天下之才也武舉方畧之類以來之新兵以試之觀其顏色和易則足以見其氣約束堅明則足以見其威坐作進退各得其所則足以見其能凡此

者皆不可彊也。故曰。先之以無益之虚名。而較之以可見之實。庶乎可得而用也。

欲募天下之將才而歸之於治兵。治兵固一説。然其本尤在君相之一心與一氣

蘇文忠公策選卷四　四

欲為擇兵而募而又限以年○精悍之識博達之才

練軍實

三代之兵不待擇而精其故何也兵出於農有常數而無常人國有事要以一家而備一正卒如斯而已矣是故老者得以養疾病者得以為閑民而役於官者莫不皆其壯子弟故其無事而田獵則未嘗發老弱之民兵行而餽糧則未嘗食無用之卒使之足輕險阻而手易器械聰明足以察旗鼓之節強銳足以犯死傷之地千乘之衆而人人足以自捍故殺人少而成功多費用省而兵卒強蓋

一篇主意

言以兵有節制

春秋之時諸侯相并天下百戰其經傳所見謂之敗績者如城濮鄢陵之役皆不過犯其偏師而獵其游卒斂兵而退未有僵尸百萬流血於江河如後世之戰者何也民各推其家之壯者以爲兵則其勢不可得而多殺也及至後世兵民既分兵不得復而爲民於是始有老弱之卒夫既已募民而爲兵其妻子屋廬既已託於營伍之中而其姓名既已書於官府之籍行不得爲商居不得爲農而仰食於官至於衰老而無歸則其道誠不可以棄

一節

二節

殺人費財二事入得錯綜

痛哭之言往往說得可哭如此

牽上搭下最妙

去是故無用之卒雖薄其資糧而皆廩之終身凡民之生自二十以上至於衰老不過四十餘年之間勇鋭强力之氣足以犯堅冒刃者不過二十餘年今廩之終身則是一卒凡二十年無用而食於官也自此而推之養兵十萬則是五萬人可去也屯兵十年則是五年爲無益之費也民者天下之本而財者民之所以生也有兵而不可使戰是謂棄財不可使戰而驅之戰是謂棄民臣觀秦漢之後天下何其殘敗之多耶其弊皆起於分民而爲

痛切　三節　殺人　四節

六以兵無節制

富鄭公集流民五十一萬而爲兵

兵。兵不得休使老弱不堪之卒拱手而就戮故有以百萬之衆而見屠於數千之兵者其良將善用不過以爲餌委之啖賊嗟夫三代之衰民之無罪而死者其不可勝數矣今天下募兵至多往者陜西之役舉籍平民以爲兵加以明道寶元之間天下旱蝗以及近歲青齊之飢與河朔之水災民急而爲兵者日以益衆舉籍而按之近歲以來募兵之多無如今日者然皆老弱不教不能當古之十五而衣食之費百倍於古此甚非所以長久而不

傷心處

子瞻語

確論

透

又看出一悔字

此法可為募民揀兵法

零碎收拾打成一片

相應處極是組織然不見一線索

變者也凡民之爲兵者其類多非良民方其少壯之時博奕飲酒不安於家而後能捐其身至其少衰而氣沮蓋亦有悔而不可復者矣臣以爲五十已上願復爲民者宜聽自今以往民之願爲兵者皆三十以下則收限以十年而除其籍民二十而爲兵十年而復歸其精力思慮猶可以養生送死爲終身之計使其應募之日心知其不出十年而爲十年之計則除其籍而不怨以無用之兵終日坐食之費而爲重募則應者必衆如此縣官長無

五節是散說六節是頃說信手捻來頭頭是道

曲悉

老弱之兵而民之不任戰者不至於無罪而死彼皆知其不過十年而復爲平民則自愛其身而重犯法不至於叫呼無賴以自棄於凶人今夫天下之患在於民不知兵故兵常驕悍於民常怯賊盜攻之而不能禦戎狄掠之而不能抗今使民得更代而爲兵兵得復還而爲民則天下之知兵者衆而盜賊戎狄將有所忌然猶有言者將以爲十年而代故者已去而新者未教則緩急有所不濟夫所謂十年而代者豈其舉軍而竝去之有始至者

五節

六節是法

駁

细極变極

有既久者。有將去者。有當代者。新故雜居而教之。則緩急可以無憂矣。

此等文須看承上聯下字眼

三代之遺言深見而文亦爽

勸親睦

夫民相與親睦者王道之始也昔三代之制畫爲井田使其比閭族黨各相親愛有急相賙有喜相慶死喪相恤疾病相養是故其民安居無事則往來歡欣而獄訟不生有寇而戰則同心并力而緩急不離自秦漢以來法令峻急使民離其親愛欣歡之心而爲鄰里告訐之俗富人子壯則出居貧人子壯則出贅一國之俗而家各有法一家之法而人各有心紛紛乎散亂而不相屬是以禮讓之

與潁濱民政一同

風息而爭鬬之獄繁天下無事則務爲欺詐相傾以自成天下有變則流徙渙散相棄以自存嗟夫秦漢以下天下何其多故而難治也此無他民不愛其身故輕犯法輕犯法則王政不行欲民之愛其身則莫若使其父子親兄弟和而妻子相好夫民仰以事父母旁以睦兄弟而俯以恤妻子則其所賴於生者重而不忍以其身輕犯法三代之政莫尚於此矣今欲教民和親則其道必始於宗族臣欲復古之小宗以收天下不相親屬之心古者

全錄禮文

有大宗有小宗故禮曰別子爲祖繼子爲宗繼禰者爲小宗有百世不遷之宗有五世則遷之宗百世不遷者別子之後也宗其繼別子之所自出者百世不遷者也宗其繼高祖者五世則遷者也古者諸侯之子弟異姓之卿大夫始有家者不敢禰其父而自使其嫡子後之則爲大宗族人宗之雖百世而宗子死則爲之服齊衰九月故曰宗其繼別子之所自出者百世不遷者也別子之庶子又不得禰別子而自使其嫡子爲後則爲小宗小宗

五世之外則無服其繼禰者親兄弟爲之服其繼祖者從兄弟爲之服其繼曾祖者再從兄弟爲之服其繼高祖者三從兄弟爲之服其服大功九月而高祖以外親盡則易宗故曰宗其繼高祖者五世則遷者也小宗四有繼高祖者有繼曾祖者有繼祖者有繼禰者與大宗爲五此所謂五宗也古者立宗之道嫡子既爲宗則其庶子之嫡子又各爲其庶子之宗其法止於四而其實無窮自秦漢以來天下無世卿大宗之法不可以復立而其可

以收合天下之親者有小宗之法存而莫之行此甚可惜也今夫天下所以不重族者有族而無宗也有族而無宗則族不可合族不可合則雖欲親之而無由也族人而不相親則忘其祖矣今世之公卿大臣賢人君子之後所以不能世其家如古之久遠者其族散而忘其祖也故莫若復小宗使族人相率而尊其宗子宗子死則爲之加服犯之則以其服坐貧賤不敢輕而富貴不敢以加之冠昏必告喪必赴此非有所難行也今夫良民之家

士大夫之族亦未必無孝悌相親之心而族無宗子莫爲之糾率其勢不得相親是以世之人有親未盡而不相往來冠昏不相告死不相赴而無知之民遂至於父子異居而兄弟相訟然則王道何從而興乎嗚呼世人之患在於不務遠見古之聖人合族之法近於迂闊而行之朞月則望其有益故夫小宗之法非行之難而在乎久而不怠也天下之民欲其忠厚和柔而易治其必自小宗始矣

進步

結

敘俗事極疎爽

均戶口

夫中國之地足以食中國之民有餘也而民常病於不足何哉地無變遷而民有聚散聚則爭於不足之中而散則棄於有餘之外是故天下常有遺利而民用不足昔者三代之制度地以居民民各以其夫家之衆寡而受田於官一夫而百畝民不可以多得尺寸之地而地亦不可以多得一介之民故其民均而地有餘當周之時四海之內地方千里者九而京師居其一有田百同而爲九百萬

夫之地山林陵麓川澤溝瀆城郭宮室塗巷三分去一爲六百萬夫之地又以上中下田三等而通之以再易爲率則王畿之内足以食三百萬之衆以九州言之則是二千七百萬夫之地也而計之以下農夫一夫之地而食五人則是萬有三千五百萬人可以仰給於其中當成康刑措之後其民極盛之時九州之籍不過十三萬四千有餘夫地以十倍而民居其一故穀常有餘而地力不耗何者均之有術也自井田廢而天下之民轉徙無常

不均之由

惟其所樂則聚以成市側肩躡足以爭尋常挈妻負子以分升合雖有豐年而民無餘蓄一遇水旱則弱者轉於溝壑而强者聚爲盜賊地非不足而民非加多也蓋亦不得均民之術而已夫民之不均其弊有二上之人賤農而貴末忽故而重新則民不均夫民之爲農者莫不重遷其墳墓廬舍桑麻果蔬牛羊耒耜皆爲子孫百年之計惟其百工伎藝游手浮食之民然後可以懷輕資而極其所往是故上之人賤農而貴末則農民捨其耒耜而

宋時猶有此撫恤流亡之政而今則無矣

游於四方擇其所利而居之其弊一也凡人之情怠於久安而謹於新集水旱之後盜賊之餘則必省刑罰薄稅斂輕力役以懷逋逃之民而其久安而無變者則不肯無故而加恤是故上之人忽故而重新則其民稍稍引去聚於其所重之地以至於衆多而不能容其弊二也臣欲去其二弊而開其二利以均斯民昔者聖人之興作也必因人之情故易爲功必因時之勢故易爲力今欲無故而遷徙安居之民分多而益寡則怨謗之門盜賊之

今亦宜徙民山東河南之間

端必起於此未享其利而先被其害臣愚以爲民之情莫不懷土而重去惟士大夫出身而仕者狃於遷徙之樂而忘其鄉昔漢之制吏二千石皆徙諸陵麓爲今之計可使天下之吏仕至其者皆徙荆襄唐鄧許汝陳蔡之間今士大夫無不樂居於此者故恐獨往而不能濟彼見其儕類等夷之人莫不在焉則其去惟恐後耳此其所謂因人之情夫天下不能歲歲而豐也則必有飢饉流亡之所民方其困急時父子且不能相顧又安知去鄉之

爲戚哉當此之時募其樂徙者而使所過廪之費不甚厚而民樂行此其所謂因時之勢然此二者皆授其田貸其耕耘之具而緩其租然後可以固其意夫如是天下之民其庶乎有息肩之漸也

文甚疏鬯其欲使天下之宦遊者從之荆襄唐鄧許洛陳蔡之間其說雅行

此與馬端臨之說合

較賦役

自兩稅之興因地之廣狹瘠腴而制賦因賦之多少而制役其初蓋甚均也責之厚賦則其財足以供署之重役則其力足以堪何者其輕重厚薄一出於地而不可易也戶無常賦視地以爲賦人無常役視賦以爲役是故貧者鬻田則賦輕而富者加地則役重此所以度民力之所勝亦所以破兼并之門而塞僥倖之源也及其後世歲月既久則小民稍稍爲姦度官吏耳目之所不及則雖有法

造語互見

即今產去粮存之意

稅法之弊

禁公行而不忌今夫一戶之賦官知其爲賦之多少而不知其爲地之幾何也如此則增損出入惟其意之所爲官吏雖明法禁雖嚴而其勢無由以止絶且其爲姦常起於貿易之際夫鬻田者必窮迫之人而所從鬻者必富厚有餘之家富者恃其有餘而邀之貧者迫於飢寒而欲其速售是故多取其地而少入其賦有田者方其窮困之中苟可以緩一時之急則不暇計其他日之利害故富者地日以益而賦不加多貧者地日以削而賦不加

疾根

一項

少又其姦民欲計免其賦役者割數畝之地加之以數倍之賦而收其少半之直或者亦貪其直之微而取焉是以數十年來天下之賦大抵淆亂有兼并之族而賦甚輕有貧弱之家而不免於重役以至於破敗流移而不知其所往其賦存而其人亡者天下皆是也夫天下不可以有僥倖也天下有一人焉僥倖而免則亦必有一人焉不幸而受其弊今天下僥倖者如此之衆則其不幸而受弊者從可知矣三代之賦以什一爲輕今之法本不

此大量之所以難行

按契考賦之說迂踈未明

至於什一而取然天下嗷嗷然以賦斂爲病者豈其歲久而姦生偏重而不均以至於此歟雖然天下皆知其爲患而不能去何者勢不可也今欲按行其地之廣狹瘠腴而更制其賦之多寡則姦吏因緣爲賄賂之門其廣狹瘠腴亦將一切出於其意之喜怒而其患益深是故士大夫畏之而不敢議而臣以爲此最易見者顧弗之察耳夫易田者必有莽莽必有所直之數其所直之數必得其廣狹瘠腴之實而官必據其所直之數而取其易田

稅者稅契也蓋宋時稅契法甚嚴

此法今不可行

之稅是故欲知其地之廣狹瘠腴可以其稅推也久遠者不可復知矣其數年之間皆足以推較求之故府猶可得而見苟其稅多者則知其直多其直多者則知其田多且美也如此而其賦少其役輕夫人亡而賦存者可以有均矣齎田者皆以其直之多少而給其賦重爲之禁而使不敢以不實之直而書之契則夫自今以往者貿易之際爲姦者其少息矣要以知凡地之所直與凡賦之所宜多少而以稅參之如此則一持籌之吏坐於帳中

足以周知四境之虛實不過數月而民得以少蘇不然十數年之後將不勝其弊重者日以輕輕者日以重而未知其所終也

與今江南賦役之患不同今江以北户止開石數而不及田之畝數正如此

去姦民

自昔天下之亂必生於治平之日休養生息而姦民得容於其間蓄而不發以待天下之釁至於時有所激勢有所乘則潰裂四出不終朝而毒流於天下聖人知其然是以嚴法禁督官吏以司察天下之姦民而去之夫大亂之本必起於小姦惟其小而不足畏是故其發也常至於亂天下今夫世人之所憂以爲可畏者必曰豪俠大盜此不知變者之說也天下無小姦則豪俠大盜無以爲資且

奸民之患若世

其治平無事之時雖欲爲大盜將安所容其身而其殘忍貪暴之心無所發洩則亦時出爲盜賊聚爲博奕羣飲於市肆而叫號於郊野小者呼雞逐狗大者椎牛發塚無所不至捐父母棄妻孥而相與嬉遊凡此者舉非小盜也天下有釁鋤耕不務相率而剽奪者皆嚮之小盜也昔三代之聖王果斷而不疑誅除擊去無有遺類所以擁護良民而使安其居及至後世刑法日以深嚴而去姦之法乃不及於三代何者待其敗露自入於刑而後去

証

周盛時德意實

也夫爲惡而不入於刑者固已衆矣有終身爲不義而其罪不可指名以附於法者有巧爲規避持吏短長而不可詰者又有因緣幸會而免者如必待其自入於刑則其所去者葢無幾耳昔周之制民有罪惡未麗於法而害於州里者桎梏而坐諸嘉石重罪役之朞以次輕之其下罪三月役使州里任之然後宥而舍之其化之不從威之不格患苦其鄉之民而未入於五刑者謂之罷民凡罷民不使冠帶而加明刑任之以事而不齒於鄉黨由

兩層

寬而法實嚴

說破庸人心事

是觀之則周之盛時日夜整齊其人民而鋤去其不善譬如獵人終日馳驅踐蹂於草茅之中搜求伏兔而搏之不待其自投於網羅而後取也夫然故小惡不容於鄉大惡不容於國禮樂之所以易化而法禁之所以易行者由此之故也今天下久安天子以仁恕爲心而士大夫一切以寬厚爲稱上意而懦夫庸人又有僥倖務出罪人外以邀雪寃之賞而内以待陰德之報臣是以知天下頗有不誅之姦將爲子孫憂宜明勑天下之吏使以歲

即令訪察風聞以蒐豪右黠猾作姦犯法之人

結歸天下大利害處便聳動人

匹夫羣起如漢之陳勝吳廣唐之龐勛黄巢之類

時糾察凶民而徙其尤無良者不必待其自入於刑而間則命使出按郡縣有子不孝有弟不悌好訟而數犯法者皆誅無赦誅一鄉之姦則一鄉之人悅誅一國之姦則一國之人悅要以誅寡而悅衆則雖舜亦如此而已矣天下有三患而蠻夷之憂不與焉有内大臣之變有外諸侯之叛有匹夫羣起之禍此三者其勢常相持内大臣有權則外諸侯不叛外諸侯强則匹夫羣起之禍不作今者内無權臣外無强諸侯而萬世之後其可憂者姦

再原

民也臣故曰去姦民以爲安民之終云

論利害處刺骨

子瞻論養士可以後亡此言去姦民可以亡亂意似相反不知養士則姦民欲爲亂而無主去姦民則豪傑欲倡乱而無資其義一也

論事之文極透徹極委曲極變化非求其文之工也不如此則其言不信不信不行而吾之論卒不能見于事而歸于無用故有用之文未有不工者也○談兵食之病皆于不透〻矣反覺使人索然自沮透而不使人索然自沮者霎之有道而其言有歸着故也人臣

倡勇敢

戰以勇爲主以氣爲決天子無皆勇之將而將軍無皆勇之士是故致勇有術致勇莫先乎倡倡莫善乎私此二者兵之微權英雄豪傑之士所以陰用而不言於人而人亦莫之識也臣請得以備言之夫倡者何也氣之先也有人人之勇怯有三軍之勇怯人人而較之則勇怯之相去若莛與楹至於三軍之勇怯則一也出於反覆之間而差於毫氂之際故其權在將與君人固有暴猛獸而不操

奇

獨見

進言于君豈可徒務已言之透而不顧其君之索然自沮哉

曲透人情

兵出入於白刃之中而色不變者有見虺蜴而却走聞鐘鼓之聲而戰慄者是勇怯之不齊至於如此彼閭閻之小民爭鬭戲笑卒然之間而或至於殺人當其發也其心飜然其色勃然若不可以已者雖天下之勇夫無以過之及其退而思其身顧其妻子未始不惻然悔也此非必勇者也氣之所乘則奪其性而忘其故故古之善用兵者用其飜然勃然於未悔之間而其不善者沮其飜然勃然之心而開其自悔之意則是不戰而先自敗也故

四字透甚

上佶下承最妙

一轉如善射者力重而矢速

曰致勇有術致勇莫先乎倡均是人也皆食其食皆任其事天下有急而有一人焉奮而爭先而致其死則翻然者衆矣弓矢相及劍楯相交勝負之勢未有所決而三軍之士屬目於一夫之先登則勃然者相繼矣天下之大可以名劫也三軍之衆可以氣使也諺曰一人善射百夫決拾苟有以發之及其翻然勃然之間而用其鋒是之謂倡倡莫善乎私天下之人怯者居其百勇者居其一是勇者難得也捐其妻子棄其身以蹈白刃是勇者難

以異字代私字

自異一路所指甚廣

能也以難得之人行難能之事此必有難報之恩者矣天子必有所私之將將軍必有所私之士視其勇者而陰厚之人之有異材者雖未有功而其心莫不自異自異而上不異之則緩急不可以望其爲倡故凡緩急而肯爲倡者必其上之所異也昔漢武帝欲觀兵於四夷以逞其無厭之求不愛通侯之賞以招勇士風告天下以求奮擊之人然卒無有應者於是嚴刑峻法致之死地而聽其以深入贖罪使勉强不得已之人馳驟於死亡之地

前一悔字此處一愧字得情

是故其將降而兵破敗而天下幾至於不測何者先無所異之人而望其爲倡不已難乎私者天下之所惡也然而爲已而私之則私不可用爲其賢於人而私之則非私無以濟葢有無功而可賞有罪而可赦者凡所以媿其心而責其爲倡也天下之禍莫大於上作而下不應上作而下不應則上亦將窮而自止方西戎之叛也天子非不欲赫然誅之而將帥之臣謹守封畧外視內顧莫有一人先奮而致命而士卒亦循循焉莫肯盡力不得已

令邊將破虜全賴家兵

而出爭先而歸故西戎得以肆其猖狂而吾無以應則其勢不得不重賂而求和其患起於天子無同憂患之臣而將軍無腹心之士西師之休十有餘年矣用法益密而進人益難賢者不見異勇者不見私天下務爲奉法循令要以如式而止臣不知其緩急將誰爲之倡哉

氣之一字極中兵情而通篇行文如虬龍之駕風雲而撼山谷而杳不可測

經國之言

一口說破主意

譬切

今日馬政如此

定軍制

自三代之衰井田廢兵農異處兵不得休而爲民民不得息肩而無事於兵者千有餘年而未有如今日之極者也三代之制不可復追矣至於漢唐猶有可得而言者夫兵無事而食則不可使聚聚則不可使無事而食此二者相勝而不可竝行其勢然也今夫有百頃之閒田則足以牧馬千駟而不知其費聚千駟之馬而輸百頃之芻則其費百倍此易曉也昔漢之制有踐更之卒而無營田之

未嘗聚未嘗無事而食二語分貼漢唐看得明透而章法甚妙

兵雖皆出於農夫而方其爲兵也不知農夫之事是故郡縣無常屯之兵而京師亦不過有南北軍期門羽林而已邊境有事諸侯有變皆以虎符調發郡國之兵至於事已而兵休則渙然各復其故是以其兵雖不知農而天下不至於弊者未嘗聚也唐有天下置十六衛府兵天下之府八百餘所而屯於關中者至有五百然皆無事則力耕而積穀不唯以自贍養而又有以廣縣官之儲是以其兵雖聚於京師而天下亦不至於弊者未嘗無事

與潁濱民政四同

而食也今天下之兵不耕而聚於京畿三輔者以數十萬計皆仰給於縣官有漢唐之患而無漢唐之利擇其偏而兼用之是以兼受其弊而莫之分也天下之財近自淮甸而遠至乎吳蜀凡舟車所至人力所及莫不盡取以歸於京師晏然無事而賦斂之厚至於不可復加而三司之用猶苦其不給其弊皆起於不耕之兵聚於內而食四方之貢賦非特如此而已又有循環往來屯戍於郡縣者昔建國之初所在分裂擁兵而不服太祖太宗躬

禁兵出戍之敝
第一節

擐甲冑力戰而取之既降其君而籍其疆土矣然其故基餘孽猶有存者上之人見天下之難合而恐其復發也於是出禁兵以戍之大自藩府而小至於縣鎮往往皆有京師之兵由此觀之則是天下之地一尺一寸皆天子自爲守也而可以長久而不變乎費莫大於養兵養兵之費莫大於征行今出禁兵而戍郡縣遠者或數千里其月廩歲給之外又日供其芻糧三歲而一遷往者紛紛來者纍纍雖不過數百爲輩而要其歸無以異於數十

透極出奇

痛切

萬之兵三歲而一出征也農夫之力安得不竭餽運之卒安得不疲且今天下未嘗有戰鬬之事武夫悍卒非有勞伐可以邀其上之人然皆不得爲休息閑居無用之兵者其意以爲爲天子出戍也是故美衣豐食開府庫輦金帛若有所負一逆其意則欲羣起而譟呼此何爲者也天下一家且數十百年矣民之戴君至於海隅無以異於畿甸亦不必舉疑四方之兵而專信禁兵也曩者蜀之有妖賊與近歲貝州之亂未必非禁兵致之臣愚以

第二節

第三節

爲郡縣之土兵可以漸訓而陰奪其權則禁兵可以漸省而無用天下武健豈有常所哉山川之所習風氣之所咻四方之民一也昔者戰國嘗用之矣蜀人之怯懦吳人之短小皆常以抗衡於上國又安得禁兵而用之今之土兵所以鈍弊劣弱而不振者彼見郡縣皆有禁兵而待之異等是以自棄於賤隷役夫之間而將吏亦莫之訓也苟禁兵可以漸省而以其資糧益優郡縣之土兵則彼固以歡欣踴躍出於意外戴上之恩而願效其力又

只不用州縣屯戍之兵則禁兵之在內者自省矣

何遽不如禁兵耶。夫土兵日以多，禁兵日以少，天子扈從捍城之外，無所復用。如此，則內無屯聚仰給之費，而外無遷徙供饋之勞，費之省者，又已過半矣。

收殺

戍禁兵不如募土兵令歲戍延綏之兵以衛薊遼無策之甚者

二六〇

教戰守

夫當今生民之患果安在哉在於知安而不知危能逸而不能勞此其患不見於今而將見於他日今不爲之計其後將有所不可救者昔者先王知兵之不可去也是故天下雖平不敢忘戰秋冬之隙致民田獵以講武教之以進退坐作之方使其耳目習於鐘鼓旌旗之間而不亂使其心志安於斬刈殺伐之際而不懾是以雖有盜賊之變而民不至於驚潰及至後世用迂儒之議以去兵爲王

借事實為設論

以譬喻為正論

者之盛節天下既定則卷甲而藏之數十年之後甲兵頓弊而人民日以安於佚樂卒有盜賊之警則相與恐懼訛言不戰而走開元天寶之際天下豈不大治惟其民安於太平之樂豢於游戲酒食之間其剛心勇氣消耗鈍眊痿蹷而不復振是以區區之祿山一出而乘之四方之民獸奔鳥竄乞為囚虜之不暇天下分裂而唐室因以微矣蓋嘗試論之天下之勢譬如一身王公貴人所以養其身者豈不至哉而其平居常苦於多疾至於農夫

收住總入今時

小民終歲勤苦而未嘗告病此其故何也夫風雨霜露寒暑之變此疾之所由生也農夫小民盛夏力作而窮冬暴露其筋骸之所衝犯肌膚之所浸漬輕霜露而狎風雨是故寒暑不能爲之毒今王公貴人處於重屋之下出則乘輿風則襲裘雨則御蓋凡所以慮患之具莫不備至畏之太甚而養之太過小不如意則寒暑入之矣是故善養身者使之能逸而能勞步趨動作使其四體狃於寒暑之變然後可以剛健强力涉險而不傷夫民亦然

之弊

今者治平之日久，天下之人驕惰脆弱，如婦人孺子，不出於閨門。論戰鬭之事，則縮頸而股慄；聞盜賊之名，則掩耳而不願聽。而士大夫亦未嘗言兵，以爲生事擾民，漸不可長。此不亦畏之太甚，而養之太過歟？且夫天下固有意外之患也。愚者見四方之無事，則以爲變故無自而有，此亦不然矣。今國家所以奉西北之虜者，歲以百萬計。奉之者有限，而求之者無厭，此其勢必至於戰。戰者，必然之勢也。不先於我，則先於彼；不出於西，則出於北。所

本題處置

子瞻於蓄材用則爲治兵之說於敎戰守則爲都試之法二者參而行之方得其用

不可知者有遲速遠近而要以不能免也天下苟不免於用兵而用之不以漸使民於安樂無事之中一旦出身而蹈死地則其爲患必有所不測故曰天下之民知安而不知危能逸而不能勞此臣所謂大患也臣欲使士大夫尊尚武勇講習兵法庶人之在官者教以行陣之節役民之司盜者授以擊刺之術每歲終則聚於郡府如古都試之法有勝負有賞罰而行之既久則又以軍法從事然議者必以爲無故而動民又撓以軍法則民將不

又推一意作結

安而臣以爲此所以安民也天下果未能去兵則其一旦將以不教之民而驅之戰夫無故而動民雖有小怨然孰與夫一旦之危哉今天下屯聚之兵驕豪而多怨陵壓百姓而邀其上者何故此其心以爲天下之知戰者惟我而已如使平民皆習於兵彼知有所敵則固已破其姦謀而折其驕氣利害之際豈不亦甚明歟

宋之嘉祐間海内狃于宴安而恥言兵故子瞻特發此論

蘇文忠公策論目

卷五 論選

只有天下一語便有輕重

蘇文忠公論選卷之五

歸安鹿門茅坤批評
景陵伯敬鍾惺

正統論上

正統者何耶。名耶實耶。正統之說曰。正者所以正天下之不正也。統者所以合天下之不一也。不幸有天子之實而無其位。有天子之名而無其德。是一人者立於天下。天下何正何一。而正統之論決矣。正統之爲言。猶曰有天下云爾。人之得此名而

極快極確反帶遊戲子瞻文往往如此

又得此實也夫何議天下固有無其實而得其名者聖人於此不得已焉而不以實傷名而名卒不能傷實故名輕而實重不以實傷名故天下不爭名輕而實重故天下趨於實天下有不肖而曰吾賢者矣未有賤而曰吾貴者也天下之爭自賢不肖始聖人憂焉不敢以亂貴賤故天下知賢之不能奪貴天下之貴者聖人莫不從而貴之恃有賢不肖存焉輕以與人貴而重以與人賢天下然後知貴之不如賢知賢之不能奪貴故不爭知貴之

一總論正統之說幾無餘矣要知何以復有辯論二篇了此可以論文

不如賢故趨於實使天下不爭而趨於實是亦足矣正統者名之所在焉而已名之所在而不能有益乎其人而後名輕名輕而後實重吾欲重天下之實於是乎名輕正統聽其自得者十曰堯舜夏商周秦漢晉隋唐序其可得者六以存教曰魏梁後唐晉漢周使夫堯舜三代之所以爲賢於後世之君者皆不在乎正統故後世之君不以其道而得之者亦無以爲堯舜三代之比於是乎實重

正統之說予嘗略言之 子瞻所挈名實輕重爲議亦非

是然而文特辨矣

凡文勢曲折處腕力須先極健極重故曰百折不回百折者勢也不回者力也重而後貴能折輕則弛矣何折云有讀正統三論知之

正統論中

正統之論起於歐陽子，而霸統之說起於章子。二子之論，吾與歐陽子，故不得不與章子辨，以全歐陽子之說。歐陽子之說全，而吾之說又因以明。章子之說曰：進秦、梁，失而未善也；進魏，非也。是章子未知夫名實之所在也。夫所謂正統者，猶曰有天下云爾。正統者，果名也，又焉實之知？視天下之所同君而加之，又焉知其他？章子以爲魏不能一天下，不當與之統。夫魏雖不能一天下，天下亦無有如魏之彊者吳雖存非兩立之勢奈何不與之統章子之不絕五代也亦徒以爲天下無有與之敵者而巳今也絕魏魏安得無辭哉正統者惡夫天下之無君而作也故天下雖不合於一而未至乎兩立者則君子不忍絕之於無君且夫德同而力均不臣焉可也今以天下不幸而不合於一德旣無以相過而弱者又不肯臣乎彊於是焉而不與之統亦見其重天下之不幸而耻夫不臣者也章子曰鄉人且耻與盜者偶聖人豈得與簒君同名哉吾

將曰是鄉人與是爲盜者民則皆民也士則皆士也大夫則皆大夫也則亦與之皆坐乎苟其勢不得不與之皆坐其鄉人何耻耶聖人得天下簒君亦得天下顧其勢不得不與之同名聖人何耻耶吾將以聖人耻夫簒君而簒君又焉能耻聖人哉章子曰君子大居正而以不正人居之是正不正之相去未能相遠也且章子之所謂正者何也以一身之正爲正耶以天下有君爲正耶一身之正是天下之私正也天下有君是天下之公正也吾

無取乎私正也天下無君篡君出而制天下湯武旣沒吾安所取正哉故篡君者亦當時之正而已章子曰祖與孫雖百歲而子五十則子不得爲壽漢與晉雖得天下而魏不能一則魏不得爲有統吾將曰其兄四十而死則其弟五十爲壽弟爲壽乎其兄魏爲有統乎當時而已章子比之婦謂舅嬖妾爲姑吾將曰舅則以爲妻而婦獨奈何不以爲姑乎以妾爲妻者舅之過也婦謂之姑葢非婦罪也舉天下而授之魏晉是亦漢魏之過而已矣

善留地步

與之統者獨何罪乎雖然歐陽子之論猶有異乎吾說者歐陽子之所與者吾之所與也歐陽子之所以與之者非吾所以與之也歐陽子重與之而吾輕與之且其言曰秦漢而下正統屢絕而得之者少以其得之者少故其爲名甚尊而重也嗚呼吾不喜夫少也幸而得之者少故有以尊重其名不幸而皆得歐陽子其敢有所不與耶且其重之則其施於簒君也誠若過然故章子以啟其說夫以文王而終身不得以魏晉梁而得之果其爲重

也則文王將有愧於魏晉梁焉必也使夫正統者不得爲聖人之盛節則得之爲無益得之爲無益故雖舉而加之簒君而不爲過使夫文王之所不得而魏晉梁之所得者皆吾之所輕者也然後魏晉梁無以愧文王而文王亦無所愧於魏晉梁焉

正統論下

始終得其正天下合於一是二者必以其道得之耶亦或不以其道得之耶病乎或者之不以其道得之也於是乎舉而歸之名歐陽子曰皆正統是以名言者也章子曰正統又曰霸統是以實言者也歐陽子以名言而純乎名章子以實言而不盡乎實章子之意以霸統重其實而不知實之輕自霸統始使天下之名皆不得過乎實者固章子意也天下之名果不過乎實也則吾以章子爲過乎

聖人聖人不得已則不能以實傷名而章子則能之且吾豈不知居得其正之爲正不如至公大義之爲正也哉蓋亦有不得已焉耳章子之説吾將求其備堯舜以德三代以德與功漢唐以功秦隋後唐晉漢周以力晉梁以弒不言魏者因章子之説而與之辨以實言之則德與功不如德功不如德與功力不如功弒不如力是堯舜而下得統者凡更四不如而後至於晉梁而章子以爲天下之實盡於其正統霸統之間矣歐陽子純乎名故不

一步緊一步

得實之所止章子雜乎實故雖晉梁弒君之罪天下所不容之惡而其實反不過乎覇彼其初得正統之虛名而不測其實罪之所至也章子則告之曰爾覇者也夫以弒君得天下而不失爲覇則章子之說固便乎篡者也夫章子豈曰弒君者其實止乎覇也哉蓋巳舉其實而著之名雖欲復加之罪而不可得也夫王者沒而覇者有功於天下吾以爲在漢唐爲宜必不得已而秦隋後唐晉漢周得之吾猶有憾焉奈何其舉而加之弒君之人乎

嗚呼吾不惜乎名而惜乎實也霸之於王也猶兄之於父也聞天下之父嘗有曰堯者而曰必堯而後父少不若堯而降爲兄則瞽鯀懼至僕妾焉天下將有降父而至於僕妾者無怪也從章子之説者其弊固至乎此也故曰莫若純乎名純乎名故晉梁之得天下其名曰正統而其弒君之實惟天下後世之所加而吾不爲之齊量焉於是乎晉梁之惡不勝誅於天下實於此反不重乎章子曰堯舜曰帝三代曰王夏曰氏商周曰人古之人輕重

其君有是也以爲其覇統之說夫孰聖人之一端以藉其口夫何說而不可吾亦將曰孔子刪書而虞夏商周皆曰書湯武王伯禽秦穆公皆曰誓以爲皆曰正統之說其誰曰不可聖人之於實也不傷其名而後從之帝亦天子也王亦天子也氏亦人也人亦氏也夫何名之傷若章子之所謂覇統傷乎名而喪乎實者也

非有道也非幸也二語之中夾特巧耳一語文法同而文氣不雜紆回而頓挫

秦知創智伯二語破的

秦論一

蘇子曰秦并天下非有道也特巧耳非幸也然吾以爲巧於取齊而拙於取楚其不敗於楚者幸也嗚呼秦之巧亦創智伯而已魏韓肘足接而智伯死秦知創智伯而諸侯終不知師魏韓秦并天下不亦宜乎齊湣王死法章立君王后佐之秦猶伐齊也法章死王建立六年而秦攻趙齊楚救之趙乏食請粟於齊而齊不予秦遂圍邯鄲幾亡趙趙雖未亡而齊之亡形成矣秦人知之故不加兵於

映浮妙

此幸字

引証切

抽出分別

章法冷甚

秦之不加兵于齊即范睢遠交近攻之策宋祖之所以不下太原與我太祖之所以先取僞漢而緩張士誠皆所為識先後者

齊者四十餘年夫以法章之才而秦伐之建之不才而秦不伐何也太史公曰君王后事秦謹故不被兵夫秦欲并天下耳豈以謹故置齊也哉吾故曰巧於取齊者所以大慰齊人之心而解三晉之交也齊秦不兩立秦未嘗須臾忘齊也而四十餘年不加兵者豈其情乎齊人不悟而與秦合故秦得以其間取三晉三晉亡齊蓋岌岌矣方是時猶有楚與燕也三國合猶足以拒秦秦大出兵伐楚伐燕而齊不救故二國亡而齊亦虜不閱歲如晉

又進一步

取虞虢也可不謂巧乎二國既滅齊乃發兵守西界不通秦使嗚呼亦晚矣秦初遣李信以二十萬人取楚不克乃使王翦以六十萬攻之盡空國而戰也使齊有中主具臣知亡之無日而掃境以伐秦以久安之齊而入厭兵空虛之秦覆秦如反掌也吾故曰拙於取楚然則奈何曰古之取國者必有數如取齠齒也必以漸故齒脫而兒不知今秦易楚以爲是齠齒也可拔遂抉其口一拔而取之兒必傷吾指必齧故秦之不亡者幸也非數也吳

爲三軍迭出以肄楚三年而入郢晉之平吳隋之平陳皆以是物也惟符堅不然使堅知出此以百倍之衆爲迭出之計雖韓白不能支而況謝玄牢之之流乎吾以是知二秦之一律也始皇幸而堅不幸耳

變中又變

忽入符堅一段作結極奇

結得淨

藏露處變變整整盡文之情

提此二句一篇總紀

先王立法未有久而不敝者不待其無敝待敝而有以救之損益二字正救之之道所謂窮則變變則通也其或繼周者雖百世可知也如變封建而郡縣是即其一事矣

秦論二

蘇子曰聖人不能爲時亦不失時時非聖人之所能爲也能不失時而巳三代之興諸侯無罪不可奪削因而君之雖欲罷侯置守可得乎此所謂不能爲時者也周衰諸侯相幷齊晉秦楚皆千餘里其勢足以建侯樹屏至於七國皆稱王行天子之事然終不封諸侯不立彊家世卿者以曾三桓晉六卿齊田氏爲戒也久矣世之畏諸侯之禍也非獨李斯始皇知之始皇既并天下分郡邑置守宰

陰慕柳子厚之論

透極

一轉不窮

理固當然如冬裘夏葛時之所宜非人之私智獨見也所謂不失時者而學士大夫多非之漢高帝欲立六國後張子房以爲不可世未有非之者李斯之論與子房何異世特以成敗爲是非耳高帝聞子房之言吐哺罵酈生知諸侯之不可復明矣然卒王韓彭英盧豈獨高帝子房亦與焉故柳宗元曰封建非聖人意也勢也昔之論封建者曹元首陸機劉頌及唐太宗時魏徵李百藥顔師古其後有劉秩杜佑柳宗元宗元之論出而諸子之論

有力

不用子厚舊意却入骨

雖得倒

廢矣雖聖人復起不能易也故吾取其說而附益之曰凡有血氣必爭爭必以利利莫大於封建封建者爭之端而亂之始也自書契以來臣弑其君子弑其父父子兄弟相賊殺有不出於襲封而爭位者乎自三代聖人以禮樂教化天下至刑措不用然終不能已篡弑之禍至漢以來君臣父子相賊虐者皆諸侯王子孫其餘卿大夫不世襲者蓋未嘗有也近世無復封建則此禍幾絕仁人君子忍復開之歟故吾以爲李斯始皇之言柳宗元之

論。當爲萬世法也。

起案是漢唐影子

大臣論上

以義正君而無害於國可謂大臣矣天下不幸而無明君使小人執其權當此之時天下之忠臣義士莫不欲奮臂而擊之夫小人者必先得於其君而自固於天下是故法不可擊擊之而不勝身死其禍止於一身擊之而勝君臣不相安天下必亡是以春秋之法不待君命而誅其側之惡人謂之叛晉趙鞅入於晉陽以叛是也世之君子將有志於天下欲扶其衰而救其危者必先討其後而為

可居之功其濟不濟則命也是故功成而天下安之今小人君不誅而吾誅之則是侵君之權而不可居之功也夫既巳侵君之權而能北面就人臣之位使君不吾疑者天下未嘗有也國之有小人猶人之有癭今人之癭必生於頸而附於咽是以不可去有賤丈夫者不勝其忿而决去之夫是以去疾而得死漢之亡唐之滅由此故也自桓靈之後至於獻帝天下之權歸於内豎賢人君子進不容於朝退不容於野天下之怒可謂極矣當此之

忽接前喻無痕

時議者以爲天下之患獨在宦官宦官去則天下無事然竇武何進之徒擊之不勝止於身死袁紹擊之而勝漢遂以亡唐之衰也其迹亦大類此自輔國元振之後天子之廢立聽於宦官當此之時士大夫之論亦惟宦官之爲去然而李訓鄭注元載之徒擊之不勝止於身死至於崔昌遐擊之而勝唐亦以亡方其未去是纍然者瘦而已矣及其既去則潰裂四出而繼之以死何者此侵君之權而不可居之功也且爲人臣而不顧其君捐其身

應

総前

又一翻作餘波

却不見正君之術

於一决以快天下之望亦巳危矣故其成則爲袁爲崔敗則爲何竇爲訓注然則忠臣義士亦奚取於此哉夫竇武何進之亡天下悲之以爲不幸然亦幸而不成使其成也二子者將何以居之故曰以義正君而無害於國可謂大臣矣

當與歐陽公朋黨論參看

注：原缺第十五葉，以同版本補。

大臣論下

天下之權在於小人，君子之欲擊之也，不亡其身則亡其君。然則是小人者終不可去乎？聞之曰：迫人者其智淺，迫於人者其智深。非才有不同，所居之勢然也。古之爲兵者，圍師勿遏，窮寇勿追，誠恐其知死而致力，則雖有衆，無所用之。故曰同舟而遇風，則胡越可使相救如左右手。小人之心，自知其負天下之怨，而君子之莫吾赦也，則將日夜爲計，以備一旦卒然不可測之患。今君子又從而疾

蘇文忠公論選卷五　十五

惡之是以其謀不得不深其交不得不合交合而謀深則其致毒也忿戾而不可解故凡天下之患起於小人而成於君子之速之也小人在内君子在外君子爲客小人爲主主未發而客先焉則小人之詞直而君子之勢近於不順直則可以欺衆而不順則難以令其下故昔之舉事者常以中道而衆散以至於敗則其理豈不甚明哉若夫智者則不然内以自固其君子之交而厚集其勢外以陽浮而不逆於小人之意以待其間寛之使不吾

此一段千古經綸手王曾之計除丁謂似得此意

切中情事

疾狃之使不吾慮啖之以利以昏其智順適其意以殺其怒然後待其發而乘其隙推其墜而挽其絕故其用力也約而無後患莫爲之先故君不怒而勢不偪如此者功成而天下安之今夫小人急之則合寬之則散是從古以然也見利不能不爭見患不能不避無信不能不相詐無禮不能不相瀆是故其交易間其黨易破也而君子不務寬之以待其變而急之以合其交亦已過矣君子小人雜居而未決爲君子之計者莫若深交而無爲苟

引証明切

不能深交而無爲則小人倒持其柄而乘吾隙昔漢高之亡以天下屬平勃及高后臨朝擅王諸呂廢黜劉氏平日縱酒無一言及用陸賈計以千金交歡絳侯卒以此誅諸呂定劉氏使此二人者而不相能則是將相相攻之不暇而何暇及於劉呂之存亡哉故其說曰將相和調則士豫附士豫附則天下雖有變而權不分嗚呼知此其足以爲大臣矣夫

與前是一篇

深透人情

三柱子昰舉業

思治論

方今天下何病哉其始不立其卒不成惟其不成是以厭之而愈不立也凡人之情一舉而無功則疑再則倦三則去之矣今世之士所以相顧而莫肯爲者非其無有忠義慷慨之志也又非其才術謀慮不若人也患在苦其難成而不復立不知其所以不成者罪在於不立也苟立而成矣今世有三患而終莫能去其所從起者則五六十年矣自宮室禱祠之役與錢幣茶鹽之法壞加之以師旅

而天下常患無財五六十年之間下之所以游談聚議而上之所以變政易令以求豐財者不可勝數矣而財終不可豐自澶淵之役北虜雖求和而終不得其要領其後重之以西羌之變而邊陲不寧二國益驕以戰則不勝以守則不固而天下常患無兵五六十年之間下之所以游談聚議而上之所以變政易令以求強兵者不可勝數矣而兵終不可強自選舉之格嚴而吏拘於法不志於功名考功課吏之法壞而賢者無所勸不肖者無所

懽而天下常患無吏五六十年之間下之所以游談聚議而上之所以變政易令以求擇吏者不可勝數矣而吏終不可擇財之不可豐兵之不可强吏之不可擇是豈眞不可耶故曰其始不立其卒不成惟其不成是以厭之而愈不立也夫所貴於立者以其規模先定也古之君子先定其規模而後從事故其應也有候而其成也有形衆人以爲是汗漫不可知而君子以爲理之必然如炊之無不熟種之無不生也是故其用力省而成功速昔

引古人之言而又翻案譯而出之絶痛快

者子太叔問政於子產子產曰政如（規模）農功日夜以思之思其始而圖其終朝夕而行之行無越思如農之有畔子產以爲不思而行與凡行而出於思之外者如農之無畔也其始雖勤而終必棄之今夫富人之營宫室也必先料其資財之豐約以制宫室之大小既内決於心然後擇工之良者而用一人焉必告之曰吾將爲屋若干度用材幾何役夫幾人幾日而成土石材葦吾於何取之其功之良者必告之曰某所有木某所有石用材役夫若

曲盡

于某日而成主人率以聽焉及期而成既成而不失當則規模之先定也今治天下則不然百官有司不知上之所欲爲也而人各有心好大者欲王好權者欲霸而媮者欲休息文吏之所至則治刑獄而聚斂之臣則以貨財爲急民不知其所適從也及其發一政則曰姑試行之而已其濟與否固未可知也前之政未見其利害而後之政復發矣凡今之所謂新政者聽其始之議論豈不甚美而可樂哉然而布出於天下而卒不知其所終何則

名言切中古今情獘令之舉子能為此言以譬畫當世之務則善矣

其規模不先定也用舍係於好惡而廢興决於衆寡故萬全之利以小不便而廢者有之矣百世之患以小利而不顧者有之矣所用之人無常責而所發之政無成效此猶適千里不賫糧而假丐於塗人治病不知其所當用之藥而百藥皆試以僥倖於一物之中欲三患之去不可得也昔者太公治齊周公治魯至於數十世之後子孫之彊弱風俗之好惡皆可得而逆知之何者其所施專一則其勢固有以使之也管仲相桓公自始爲政而至

譬

專一

於霸其所施設皆有方法及其成功皆知其所以然至今可覆也咎犯之在晉范蠡之在越文公勾踐嘗欲用其民而二臣皆以爲未可及其以爲可用也則破楚滅吳如寄諸其鄰而取之此無他見之明而策之熟也夫今之世亦與明者熟策之而已士爭言曰如是而財可豐如是而兵可彊如是而吏可擇吾從其可行者而規模之發之以勇守之以專達之以彊日夜以求合於其所規模之内而無務出於其所規模之外其人專其政一然而

不成者未之有也財之不豐兵之不彊吏之不擇此三者存亡之所從出而天下之大事也夫以天下之大事而有一人焉獨擅而兼言之則其所以治此三者之術其得失固不可知也雖不可知而此三者決不可不治者可知也是故不可以無術其術非難知而難聽非難聽而難行非難行而難收孔子曰好謀而成使好謀而不成不如無謀蓋世有好劍者聚天下之良金鑄之三年而成以爲吾劍天下莫敵也劍成而狼戾缺折不可用何者

數語是一篇主意

必有暗指

轉上一收字尤有見

譬

名言切中古今情弊以此建功立業甚難

又提一段論以儆當世君臣分明是國手

是知鑄而不知收也今世之舉事者雖其甚小而欲成之者常不過數人欲壞之者常不可勝數可成之功常難形若不可成之狀常先見上之人方且眩瞀而不自信又何暇及於收哉古之人有犯其至艱而圖其至遠者彼獨何術也且非特聖人而已商君之變秦法也攖萬人之怒排舉國之說勢如此其逆也蘇秦之爲從也合天下之異以爲同聯六姓之疎以爲親計如此其迂也淮陰侯請於高帝求三萬人願以北舉燕趙東擊齊南絕楚

古之豪傑如此

應前

之糧道而西會於滎陽耿弇亦言於世祖欲先定漁陽取涿郡還收富平而東下齊世祖以爲落落難合此皆越人之都邑而謀人國功如此其疎也然而四子者行之若易然出於其口成於其手以爲旣已許吾君則親挈而還之今吾以自有之天下而行吾所得爲之事其事又非有所拂逆於天下之意也非有所待於人而後具也如有財而自用之有子而自教之耳然而政出於天下有出而無成者五六十年於此矣是何也意者知出而不

又翻入一步

傳曰君志定而天下之治成

又提世情來破之

宋人議論多而成功少正坐此病

知收歟非不知收意者汗漫而無所收歟故爲之說曰先定其規模而後從事先定者可以謀人不先定者自謀常不給而況於謀人乎且今之世俗則有所可患者士大夫所以信服於朝廷者不篤而皆好議論以務非其上使人眩於是非而不知其所從從之則事舉無可爲者不從則其所行者常多故而易敗夫所以多故而易敗者人各持其私意以賊之議論勝於下而幸其無功者衆也富

譬

人之謀利也常獲世以爲福非也彼富人者非以

又進一步深入人情。

透

人素深而服於人素厚所爲而莫或害之所欲而莫或非之事未成而衆已先成之矣夫事之行也有勢其成也有氣富人者乘其勢而襲其氣也欲事之易成則先治其所以信服天下者天下之事不可以力勝力不可勝則莫若從衆從衆者非從衆多之口而從其所不言而同然者是眞從衆也衆多之口非果衆也特聞於吾耳而接於吾前未有非其私說者也於吾爲衆於天下爲寡彼衆之所不言而同然者衆多之口舉不樂也以衆多之

富鄭公所行長公借此一件以見為國者當專一以行歟

極大頭腦以一極微事實之意莊言外以古文之法云力擿賈山至言知之

口所不樂而棄衆之所不言而同然則樂者寡而不樂者衆矣古之人常以從衆得天下之心而世之君子常以從衆失之不知夫古之人其所從者非從其口而從其所同然也何以明之世之所謂逆衆斂怨而不可行者莫若減任子然不顧而行之者五六年矣而天下未嘗有一言何則彼其口之所不樂而心之所同然也從其所同然而行之若猶有言者則可以勿卹矣故爲之說曰發之以勇守之以專達之以彊苟知此三者非獨爲吾國

而已雖北取契丹可也

首尾二千五百言如一串諗佛珠其深入人情處如川雲嶺月

一句斷
將無作有

蘇文忠公論選卷之六

歸安鹿門茅坤
景陵伯敬鍾惺 批評

武王論

蘇子曰武王非聖人也昔者孔子蓋罪湯武顧自以爲殷之子孫而周人也故不敢然數致意焉曰大哉巍巍乎堯舜也禹吾無閒然其不足於湯武也亦明矣曰武盡美矣未盡善也又曰三分天下有其二以服事殷周之德其可謂至德也已矣伯

虛證

無中生有

夷叔齊之於武王也蓋謂之弑君至恥之不食其粟而孔子予之其罪武王也甚矣此孔氏之家法也世之君子苟自孔氏必守此法國之存亡民之死生將於是乎在其孰敢不嚴而孟軻始亂之曰吾聞武王誅獨夫紂未聞弑君也自是學者以湯武爲聖人之正若當然者皆孔氏之罪人也使當時有良史如董狐者南巢之事必以叛書牧野之事必以弑書而湯武仁人也必將爲法受惡周公作無逸曰殷王中宗及高宗及祖甲及我周文王

虛詞

遼寧省圖書館藏
陶湘舊藏閔凌刻本集成

文王之王由武王定天下後追稱之耶何嘗行天子之事其伐崇戡黎以下皆奉商王西伯之命而專征耳

茲四人迪哲上不及湯下不及武王亦以是哉文王之時諸侯不求而自至是以受命稱王行天子之事周之王不王不計紂之存亡也使文王在必不伐紂紂不見伐而以考終或死於亂殷人立君以事周命爲二王後以祀殷君臣之道豈不兩全也哉武王觀兵於孟津而歸紂若不改過則殷人改立君武王之待殷亦若是而已矣天下無王有聖人者出而天下歸之聖人所不得辭也而以兵取之而放之而殺之可乎漢末大亂豪傑並起荀

截然兩段却接得無痕

文若聖人之徒也以爲非曹操莫與定海内故起而佐之所以與操謀者皆王者之事文若豈教操反者哉以仁義救天下天下既平神器自至將不得已而受之不至不取也此文王之道文若之心也及操謀九錫則文若死之故吾嘗以文若爲聖人之徒者以其才似張子房而道似伯夷也殺其父封其子其子非人也則可使其子而果人也則必死之楚人將殺令尹子南子南之子棄疾爲王馭士王泣而告之既而殺子南其徒曰行乎曰吾

又是無中生有

與殺吾父，行將焉入？然則臣王乎？曰：棄父事讐，吾弗忍也。遂縊而死。武王親以黄鉞斬紂，使武庚受封而不叛，豈復人也哉？故武庚之必叛，不待智者而後知也。武王之封武庚，蓋亦不得已焉耳。殷有天下六百年，賢聖之君六七作，紂雖無道，其故家遺俗未盡滅也。三分天下有其二，殷不伐周，而周伐之，誅其君，夷其社稷，諸侯必有不悅者，故封武庚以慰之，此豈武王之意哉？故曰：武王非聖人也。

劊子手

結起来

通篇将無作有，轉輾不窮，大畧從戰國辯口中来

此是東坡謬論文中滑稽也

子瞻之論武王雖非天下萬世之公而其援孔子之所與以見其所欲罪援書之所及以見其所不及又以春秋所書趙盾者以案武王亦成一家縱橫之言獨其所稱荀文若一節似迂且僻矣文若佐操只是挾天子以令諸侯何得稱王者之事操之簒漢固其始事本謀何得直遲之以謀九錫

此文類韓諱辯
非蘇氏本色外
明是宋南渡一
斷案

点是將無作有
處

一一譬收上就
收下波瀾

平王論

蘇子曰周之失計未有如東遷之謬也自平王至於亡非有大無道者也頴王之神聖諸侯服享然終以不振則東遷之過也昔武王克商遷九鼎於洛邑成王周公復增營之周公既沒蓋君陳畢公更居焉以重王室而已非有意於遷也周公欲葬成周而成王葬之畢此豈有意於遷哉今夫富民之家所以遺其子孫者田宅而已不幸而有敗至於乞假以生可也然終不敢議田宅今平王舉文

開口道破

曲為田議支吾

雖遷無害却是不由避寇

武成康之業而大弃之此一敗而疇田宅者也夏商之王皆五六百年其先王之德無以過周而後王之敗亦不滅幽厲然至於桀紂而後亡其末亡也天下宗之不如東周之名存而實亡也是何也則不疇田宅之效也盤庚之遷復殷之舊也古公遷于岐方是時周人如狄人也逐水草而居豈所難哉衛文公東徙渡河恃齊而存耳齊遷臨淄晉遷于絳于新田皆其盛時非有所畏也其餘避寇而遷都未有不亡雖不即亡未有能復振者也春

寇雖不肯遷都是為得計子瞻引晉之不遷都一着証周之失却為確論本朝土木之変徐有貞亦蹈溫嶠輩故智矣而于肅愍獨不肯未幾尋定

結上兩段

秋時楚大饑羣蠻叛之申息之北門不啟楚人謀徙於阪高蔿賈曰不可我能往寇亦能往於是乎以秦人巴人滅庸而楚始大蘇峻之亂晉幾亡矣宗廟宮室盡爲灰燼溫嶠欲遷豫章三吳之豪欲遷會稽將從之矣獨王導不可曰金陵王者之都也王者不以豐儉移都若弘衛文大帛之冠何適而不可不然雖樂土爲墟矣且北寇方强一旦示弱竄於蠻越望實皆喪矣乃不果遷而晉復安賢哉導也可謂能定大事矣嗟夫平王之初周雖不

畏寇遷都是爲失計

如楚之疆顧不愈於東晉之微乎使平王有一王導定不遷之計收豐鎬之遺民而修文武成康之政以勢形臨東諸侯齊晋雖强未敢貳也而秦何自覇哉魏惠王畏秦遷于大梁楚昭王畏吳遷于郢頃襄王畏秦遷于陳考烈王畏秦遷于壽春皆不復振有亡徵焉東漢之末董卓刼帝遷于長安漢遂以亡近世李景遷於豫章亦亡故曰周之失計未有如東遷之謬也

予覽此文以遷之一字爲案以無畏而遷者五以有畏而不果遷者二以畏而遷者六共十三國以錯証存亡處如一綫矣

前罪秦始皇誤用趙高人所共知者後罪秦始皇積威故足制太子之死而不請人所不知者

根本之論

始皇論一

蘇子曰始皇制天下輕重之勢使內外相形以禁姦備亂者可謂密矣蒙恬將三十萬人威振北方扶蘇監其軍而蒙毅侍帷幄爲謀臣雖有大姦賊敢睥睨其間哉不幸道病禱祠山川尚有人也而遣蒙毅故高斯得成其謀始皇之遣毅毅見始皇病太子未立而去左右皆不可以言智雖然天之

有見

亡人國其禍敗必出於智所不及聖人爲天下不恃智以防亂恃吾無致亂之道耳始皇致亂之道

在用趙高夫閹尹之禍如毒藥猛獸未有不裂肝碎首者也自書契以來惟東漢呂彊後唐張承業二人號稱善良豈可望一二於千萬以徼必亡之禍哉然世主皆甘心而不悔如漢桓靈唐肅代猶不足深怪始皇漢宣皆英主亦湛於趙高恭顯之禍彼自以爲聰明人傑也奴僕熏腐之餘何能爲及其亡國亂朝乃與庸主不異吾故表而出之以戒後世人主如始皇漢宣者或曰李斯佐始皇定天下不可謂不智扶蘇親始皇子秦人戴之久矣

陳勝假其名猶足以亂天下而蒙恬持重兵在外使二人不即受誅而復請之則斯高無遺類矣以斯之智而不慮此何哉蘇子曰嗚呼秦之失道有自來矣豈獨始皇之罪自商鞅變法以殊死爲輕典以參夷爲常法人臣狼顧脅息以得死爲幸何暇復請方其法之行也求無不獲禁無不止鞅自以爲軼堯舜而駕湯武矣及其出亡而無所舍然後知爲法之弊夫豈獨鞅悔之秦亦悔之矣荆軻之變持兵者熟視始皇環柱而走莫之救者以秦

千古隻眼

急溜中轉

法重故也李斯之立胡亥不復忌二人者知威令之素行而臣子不敢復請也二人之不敢請亦知始皇之鷙悍而不可回也豈料其僞也哉周公曰平易近民民亦歸之孔子曰有一言而可以終身行之其恕矣乎夫以忠恕爲心而以平易爲政則上易知而下易達雖有賁國之姦無所投其隙倉卒之變無自發焉然其令行禁止蓋有不及商鞅者矣而聖人終不以彼易此商鞅立信於徙木立威於棄灰刑其親戚師傅積威信之極以及始皇

千古快論

又眼前証

應前

秦人視其君如雷電鬼神不可測也古者公族有罪三宥然後制刑今至使人矯殺其太子而不忌太子亦不敢請則威信之過也故夫以法毒天下者未有不反中其身及其子孫者也漢武與始皇皆果於殺者也故其子如扶蘇之仁則寧死而不請如戾太子之悍則寧反而不訴知訴之而不察也戾太子豈欲反者哉計出於無聊也故爲二君之子者有死與反而已李斯之智蓋足以知扶蘇之必不反也吾又表而出之以戒後世人主之果

於殺者○

予想志林十三首按年譜子瞻由南海後所作公於時經歷世途已久故上下古今處所見尤別而此篇亦古今痛快卓礫之議

始皇論二

昔者生民之初不知所以養生之具擊搏挽裂與禽獸爭一旦之命惴惴然朝不謀夕憂死之不給是故巧詐不生而民無知然聖人惡其無别而憂其無以生也是以作爲器用耒耜弓矢舟車網罟之類莫不備至使民樂生便利役御萬物而適其情而民始有以極其口腹耳目之欲器利用便而巧詐生求得欲從而心志廣聖人又憂其桀猾變詐而難治也是故制禮以反其初禮者所以反本

禮字是一篇主意

序得錯綜而古

視聽其耳目五字深巧

復始也聖人非不知箕踞而坐不揖而食便於人情而適於四體之安也將必使之習爲迂闊難行之節寬衣博帶佩玉履舄所以回翔容與而不可以馳驟上自朝廷而下至於民其所以視聽其耳目者莫不近於迂闊其衣以黼黻文章其食以籩豆簠簋其耕以井田其進取選舉以學校其治民以諸侯嫁娶死喪莫不有法嚴之以鬼神而重之以四時所以使民自尊而不輕爲姦故曰禮之近於人情者非其至也周公孔子所以區區於升降

生出一權字

正是韓非商鞅輩識見

便利二字不盡罪案

千古隻眼之論

揖讓之間丁寧反覆而不敢失墜者世俗之所謂迂闊而不知夫聖人之權固在於此也自五帝三代相承而不敢破至秦有天下始皇帝以詐力而并諸侯自以爲智術之有餘而禹湯文武之不知出此也於是廢諸侯破井田凡所以治天下者一切出於便利而不耻於無禮決壞聖人之藩墻而以利器明示天下故自秦以來天下惟知所以求生避死之具而以禮者爲無用贅疣之物何者其意以爲生之無事乎禮也苟生之無事乎禮則凡

取一小事作証

可以得生者無所不爲矣嗚呼此秦之禍所以至今而未息歟昔者始有書契以科斗爲文而其後始有規矩摹畫之迹葢今所謂大小篆者至秦而更以隸其後日以變華貴於速成而從其易又創爲紙以易簡策是以天下簿書符檄繁多委壓而吏不能究姦人有以措其手足如使今世而尚用古之篆書簡策則雖欲繁多其勢無由由此觀之則凡所以便利天下者是開詐僞之端也嗟夫秦旣不可及矣苟後之君子欲治天下而惟便利之

此極迂起以極切狀如此文字方是有原委

求則是引民而日趨於詐也悲夫

賈誼過秦在于失攻守之勢子瞻過秦在於破壞先王之法

議論已勝老泉○以高帝之英雄而群臣不能爭其如意之欲立以武帝之奇氣而廷臣不能明其太子之被讒戚奭之過也

漢高帝論

冒了

有進說於君者因其君之資而爲之說則用力寡矣人唯好善而求名是故仁義可以誘而進不義可以刼而退若漢高帝起於草莽之中徒手奮呼而得天下彼知天下之利害與兵之勝負而已安知所謂仁義者哉觀其天資固亦有合於仁義者而不喜仁義之說此如小人終日爲不義而至以不義說之則亦佛然而怒故當時之善說者未嘗敢言仁義與三代禮樂之教亦惟曰如此而爲利

透

帖骨深入

前已立柱子後分斷

此段真當時廷臣之所少

如此而爲害如此而可如此而不可然後高帝擇其利與可者而從之葢亦未嘗遲疑天下既平以愛故欲易太子大臣叔孫通周昌之徒力爭之不能得用留侯計僅得之嘗讀其書至此未嘗不太息以爲高帝最易曉者苟有以當其心彼無所不從盍亦告之以呂后太子從帝起於布衣以至於定天下天下望以爲君雖不肖而大臣心欲之如百歲後誰肯北面事戚姬子乎所謂愛之者祇以禍之嗟夫無有以奚齊卓子之所以死爲高帝言

結叔孫通周昌

說倒

陡然出此一段

者歟叔孫通之徒不足以知天下之大計獨有廢嫡立庶之說而欲持此以刦之此固高帝之所輕爲也人固有所不平使如意爲天子惠帝爲臣絳灌之徒圜視而起如意安得而有之孰與其全安而不失爲王之利也如意之爲王而不免於死則亦高帝之過矣不少抑遠之以泄呂后不平之氣而又厚封焉其爲計不已疎乎或曰呂后强悍高帝恐其爲變故欲立趙王此又不然自高帝之時而言之計呂后之年當死於惠帝之手呂后雖悍

露

洞見肺腑

不覺又提前話

結留侯見留侯之計僅得而未善也

亦不忍奪之其子以與姪惠帝既死而呂后始有邪謀此出於無聊耳而高帝安得逆知之且夫事君者不能使其心知其所以然以樂從吾說而欲以勢奪之亦已危矣如留侯之計高帝顧戚姬悲歌而不忍特以其勢不得不從是以猶欲區區爲趙王計使周昌相之此其心猶未悟以爲一彊項之周昌足以抗呂氏而捍趙王不知周昌激其怒而速之死耳古之善原人情而深識天下之勢者無如高帝然至此而惑亦無有告之者悲夫

行文似從戰國策來瀠溪之以自家本色故多嫋娜綽約處

魏武帝論

世之所謂智者知天下之利害而審乎計之得失如斯而已矣此其爲智猶有所窮唯見天下之利而爲之唯其害而不爲則是有時而窮焉亦不能盡天下之利古之所謂大智者知天下利害得失之計而權之以人是故有所犯天下之至危而卒以成大功者此以其人權之輕敵者敗重敵者無成功何者天下未嘗有百全之利也舉事而待其百全則必有所格是故知吾之所以勝人而人不

善料人商鞅知衛侯之不用而亦知衛侯之不殺亦此類

知其所以勝我者天下莫能敵之昔者晉荀息知虞公必不能用宮之奇齊鮑叔知魯君必不能用施伯薛公知黥布必不出於上策此三者皆危道也而直犯之彼不知用其所長又不知出吾之所忌是故不可以冒害而就利自三代之亡天下以詐力相并其道術政教無以相過而能者得之當漢氏之衰豪傑竝起而圖天下二袁董呂爭爲彊暴而孫權劉備又以區區於一隅其用兵制勝固不足以敵曹氏然天下終於分裂訖魏之世而不

入題

論魏武事首尾甚整

能一蓋嘗試論之魏武長於料事而不長於料人是故有所重發而喪其功有所輕爲而至於敗劉備有蓋世之才而無應卒之機方其新破劉璋蜀人未附一月而四五驚斬之不能禁釋此時不取而其後遂至於不敢加兵者終其身孫權勇而有謀此不可以聲勢恐喝取也魏武不用中原之長而與之爭於舟楫之間一日一夜行三百里以爭利犯此二敗以攻孫權是以喪師於赤壁以成吳之强且夫劉備可以急取而不可以緩圖方其危

疑之閒卷甲而趨之雖兵法之所忌可以得志孫權者可以計取而不可以勢破也而欲以荆州新附之卒乘勝而取之彼非不知其難特欲僥倖於權之不敢抗也此用之於新造之蜀乃可以逞故夫魏武重發於劉備而喪其功輕爲於孫權而至於敗此不亦長於料事而不長於料人之過歟嗟夫事之利害計之得失天下之能者舉知之而不能權之以人則亦紛紛焉或勝或負爭爲雄彊而未見其能一也

結盡

子瞻得經所載攝主明與季康子一節故其論獨刺骨

打發了前疑後自說

魯隱公論一

按魯隱公元年不書即位攝也歐陽子曰隱公非攝也使隱而果攝也則春秋不書為公春秋書為公則隱非攝無疑也

蘇子曰非也春秋信史也隱攝而桓弑著於史也（提明）詳矣周公攝而克復子者也以周公薨故不稱王隱公攝而不克復子者也以魯公薨故稱公史有謚國有廟春秋獨得不稱公乎然則隱公之攝也禮歟曰禮也何自聞之曰聞之孔子（引經）曾子問曰君薨而世子未生如之何孔子曰卿大夫士從攝主北面於西階南何謂攝主曰古者天子諸侯卿大夫之世子未生而死則其弟若兄弟之子以當立

賴此一詔佐

大議論

者爲攝主子生而女也則攝主立男也則攝主退此之謂攝主古之人有爲之者季康子是也季桓子且死命其臣正常曰南孺子之子男也則以告而立之女也則肥也可桓子卒康子即位既葬康子在朝南氏生男正常載以如朝告曰夫子有遺言命其圉臣曰南氏生男則以告於君與夫人而立之今生矣男也敢告康子請退康子之謂攝主古之道也孔子行之自秦漢以來不修是禮而以母后攝孔子曰唯女子與小人爲難養也使與聞

引事

不以母后攝

然君王后卒以亡齊

外事且不可曰牝雞之晨惟家之索而况可使攝位而臨天下乎女子爲政而國安唯齊之君王后吾宋之曹高向也蓋亦千一矣自東漢馬鄧不能無譏而漢呂后魏胡武靈唐武氏之流蓋不勝其亂王莽楊堅遂因以易姓由是觀之豈若攝主之庶幾乎使母后而可信則攝主亦可信也若均之不可信則攝主取之猶吾先君之子孫也不猶愈於異姓之取哉或曰君薨而百官總已以聽於冢宰三年安用攝主曰非此之謂也嗣天子長矣宅

不以異姓攝

辯鄭註亦有理

同姓為攝主異姓為上卿

是作此論原由

憂而未出令則以禮攝冢宰若太子未生生而弱未能君也則三代之禮孔子之學決不以天下付異姓其付之攝主也夫豈非禮而周公行之歟故隱公亦攝主也鄭玄儒之陋者也其傳攝主也曰上卿代君聽政者也使子生而女則上卿豈繼世者乎蘇子曰攝主先王之令典孔子之法言也而世不知習見母后之攝也而以爲當然也吾不可不論以待後世之君子

歸根

忽以盜形容起來甚是奇特

突然入里克李斯之受禍以見隱公之不免於

魯隱公論二

蘇子曰：盜以兵擬人，人必殺之。夫豈獨其所擬，塗之人皆捕擊之矣。塗之人與盜非仇也，以爲不擊則盜且并殺己也。隱公之智，曾不若是塗之人也，哀哉！隱公，惠公繼室之子也，其爲非嫡，與桓均爾，而長於桓。隱公追先君之志而授國焉，可不謂仁乎？惜乎其不敏於智也。使隱公誅翬而讓桓，雖夷齊何以尚茲？驪姬欲殺申生而難里克，則施優來之；二世欲殺扶蘇而難李斯，則趙高來之。此二人

覃也○即客論主

此就里克李斯說來陡然住陡然起皆絕奇筆也

有數句才悠揚

之智若出一人而其受禍亦不少異里克不免於惠公之誅李斯不免於二世之虐皆無足哀者吾獨表而出之以爲世戒君子之爲仁義也非有計於利害然君子之所爲義利常兼而小人反是李斯聽趙高之謀非其本意獨畏蒙氏之奪其位故勉而聽高使斯聞高之言卽召百官陳六師而斬之其德於扶蘇豈有旣乎何蒙氏之足憂釋此不爲而具五刑於市非下愚而何嗚呼亂臣賊子猶蝮蛇也其所螫草木猶足以殺人況其所噬齧者

五人心迹俱各不同但取其所遇之相類而已

歟鄭小同爲高貴鄉公侍中嘗詣司馬師師有密疏未屏也如厠還問小同見吾疏乎曰不見師曰寧我負卿無卿負我遂酖之王允之從王敦夜飲辭醉先寢敦與錢鳳謀逆允之已醒悉聞其言慮敦疑已遂大吐衣面皆汙敦果照視之見允之臥吐中乃已哀哉小同殆哉岌岌乎允之也孔子曰危邦不入亂邦不居有以也夫吾讀史得魯隱公晉里克秦李斯鄭小同王允之五人感其所遇禍福如此故特書其事後之君子可以覽觀焉

一句收盡

奇文

宋襄公論

蘇子曰宋公天子之上公宋先代之後於周爲客天子有祭膰焉有喪拜焉非列國諸侯之所敢敵也而曰及楚人戰于泓楚夷狄之國人微者之稱以天子之上公而當夷狄之微者至於敗績宋公之罪盖可見矣而公羊傳以爲文王之戰不過是學者疑焉故不可以不辨宋襄公非獨行仁義而不終者也以不仁之資盗仁者之名爾齊宣有牽牛而過堂下者曰牛何之曰將以釁鐘王曰舍之

應不仁之意

應盜仁者之名

吾不忍其觳觫若無罪而就死地夫捨一牛於德未有所損益者而孟子子之以王所謂以不忍人之心行不忍人之政三代之所共也而宋襄公執鄫子用於次雎之社君子殺一牛之不忍而宋公戕一國君若犬豕然此而忍爲之天下孰有不忍者耶泓之役身與國衂乃欲以不重傷不禽二毛欺諸侯人能紾其兄之臂以取食而能忍飢於壺飧者天下知其不情也桓文之師存亡繼絕猶不齒於仲尼之門況用人於夷鬼以求覇而謂之王

應文王之戰不過是

入得好

者之師可乎使鄫子有罪而討之雖聲之諸侯而戮於社天下不以爲過若以喜怒興師則秦繆公獲晉侯且猶釋之而况敢用諸昏淫之鬼乎以愚觀之宋襄公王莽之流其不能欺天下則同也其不鼓不成列不能損襄公之虐其抱孺子以泣不能葢王莽之篡使莽無成則宋襄公襄公得志亦一莽也古人有言圖王不成其弊猶足以覇襄公行王者之師猶足以當桓文之師一戰之餘救死扶傷不暇此獨妄庸耳齊桓晉文得管仲子犯以

與。襄公有一子魚不能用豈可同日而語哉。自古失道之君如是者多矣。死而論定。未有如宋襄公之欺於後世者也。

千古隻眼之論自正當

蘇文忠公策論目

卷七 論選

鼂錯論

霍光論

諸葛亮論

蘇文忠公論選卷之七

歸安鹿門茅坤
景陵伯敬鍾惺　批評

伊尹論

辨天下之大事者，有天下之大節者也。立天下之大節者，狹天下者也。夫以天下之大而不足以動其心，則天下之大節有不足立，而大事有不足辨者矣。今夫匹夫匹婦皆知絜廉忠信之爲美也，使其果絜廉而忠信，則其智慮未始不如王公大人

一篇柱子

將小形大便自
特然

之能也唯其所爭者止於簞食豆羹而簞食豆羹足以動其心則宜其智慮之不出乎此也簞食豆羹非其道不取則一鄉之人莫敢以不正犯之矣一鄉之人莫敢以不正犯之而不能辨一鄉之事者未之有也推此而上其不取者愈大則其所辨者愈遠矣讓天下與讓簞食豆羹無以異也治天下與治一鄉亦無以異也然而不能者有所蔽也天下之富是簞食豆羹之積也天下之大是一鄉之推也非千金之子不能運千金之資販夫販婦

得一金而不知其所措非智不若所居之卑也孟子曰伊尹耕于有莘之野非其道也非其義也雖祿之以天下弗受也夫天下不能動其心是故其才全以其全才而制天下是故臨大事而不亂古之君子必有高世之行非茍求爲異而已卿相之位千金之富有所不屑將以自廣其心使窮達利害不能爲之芥蔕以全其才而欲有所爲耳後之君子葢亦嘗有其志矣得失亂其中而榮辱奪其外是以役役至于老死而不暇亦足悲矣孔子敘

抑開
斷

波瀾

到此纔入伊尹

千古確論

書至于舜禹皐陶相讓之際蓋未嘗不太息也夫以朝廷之尊而行匹夫之讓孔子安取哉取其不汲汲於富貴有以大服天下之心焉耳夫太甲之廢天下未嘗有是而伊尹始行之天下不以爲驚以臣放君天下不以爲僭旣放而復立太甲不以爲專何則其素所不屑者足以取信于天下也彼其視天下眇然不足以動其心而豈忍以廢放其君求利也哉後之君子蹈常而習故惴惴焉懼不免於天下一爲希闊之行則天下羣起而誚之不

續

總收入題

知求其素。而以爲古今之變。時有所不可者。亦已過矣夫。

讀此而後可以身自信於天下而成不韙之功而行文斷續不羈

三六八

周公不稱王之証

周公論

論周公者多異説何也周公居禮之變而處聖人之不幸宜乎説者之異也凡周公之所爲亦不得已而已矣若得已而不已則周公安得而爲之成王幼不能爲政周公執其權以王命賞罰天下是周公不得已者如此而已今儒者曰周公踐天子之位稱王而朝諸侯則是豈不可以已耶書曰周公位冢宰正百工羣叔流言又曰召公爲保周公爲師相成王爲左右召公不説又曰周公曰王若

曰則是周公未嘗踐天子之位而稱王也周公稱王則成王宜何稱將亦稱王耶將不稱耶不稱則是廢也稱王則是二王也而周公何以安之孔子曰必也正名乎儒者之患患在於名實之不正故亦有以文王爲稱王者是以聖人爲後世之僭君急於爲王者耶天下雖亂有王者在而已自王雖聖人不能以服天下昔高帝擊滅項籍統一四海諸侯大臣相率而帝之然且辭以不德惟陳勝吳廣乃囂囂乎急於自王而謂文王亦爲之耶武王

容

武王追称之而文王不自王也

文王不稱王之証

忽然而合

伐商師渡孟津會於牧野其所以稱先君之命命於諸侯者蓋猶曰文考而已至於武成旣以柴望告天百工奔走受命于周而後稱曰我文考文王克成厥勳由此觀之則是武王不敢一日妄尊其先君而況於文王之自王乎詩曰虞芮質厥成文王蹶厥生是亦追稱而已矣史記曰嫗乎采芑歸乎田成子夫田常之時安知其爲成子而稱之故凡以文王周公爲稱王者皆過也是資後世之簒君而爲之藉也陳賈問於孟子曰周公使管蔡監

兩截

商管蔡以商叛知而使之是不仁不知是不智孟子曰周公弟也管叔兄也周公之過不亦宜乎從孟子之說則是周公未免於有過也夫管蔡之叛非逆也是其智不足以深知周公而已矣周公之誅非疾之也其勢不得不誅也故管蔡非所謂大惡也兄弟之親而非有大惡則其道不得不封管蔡之封在武王之世也武王之世未知有周公成王之事苟無周公成王之事則管蔡何從而叛周公何從而誅之故曰周公居禮之變而處聖人之

暗連前事藕中一絲

不幸也。

多故實少議論

管仲論一

蘇子曰。大哉管仲之相威公也。辟子華之請而不違曹沫之盟。皆盛德之事也。齊可以王矣。恨其不學道。不自誠意正心以刑其國。使家有三歸之病而國有六嬖之禍。故桓公不王。而孔子小之。然其予之也亦至矣。曰威公九合諸侯。不以兵車。管仲之力也。如其仁。如其仁。曰仲尼之徒。無道威文之事者。孟子蓋過矣。吾讀春秋以下史。而得七人焉。皆盛德之事。可以爲萬世法。又得八人焉。皆反是。

章法寬得妙

齊之於敬仲之奔而給之土則亦古者與國之所常有也吳王濞高帝中子也烏得以不殺擬之

可以爲萬世戒故具論之太公之治齊也舉賢而尚功周公曰後世必有簒弒之臣天下誦之齊其知之矣田敬仲之始生也周史筮之其奔齊也齊懿氏卜之皆知其當有齊國也簒弒之疑蓋萃於敬仲矣然威公管仲不以是廢之廼欲以爲卿非

敘得妙

盛德能如此乎故吾以謂楚成王知晉之必霸而

主詳容畧

不殺重耳漢高祖知東南之必亂而不殺吳王濞晉武帝聞齊王攸之言而不殺劉元海符堅信王猛而不殺慕容垂唐明皇用張九齡而不殺安祿

有力

接得無痕

山皆盛德之事也而世之論者則以爲此七人者皆失於不殺以致亂吾以謂不然七人者皆自有以致敗亡非不殺之過也齊景公不繁刑重賦雖有田氏齊不可取楚成王不用子玉雖有晉文公兵不敗漢景帝不害吳太子不用鼂錯雖有吳王濞無自發晉武帝不立孝惠雖有劉元海不能亂符堅不貪江左雖有慕容垂不能叛明皇不用李林甫楊國忠雖有安祿山亦何能爲秦之由余漢之金日磾唐之李光弼渾瑊之流皆蕃種也何負

又接得妙

接無跡

於中國哉而獨殺元海祿山乎且夫自今而言之則元海祿山死有餘罪自當時而言之則不免爲殺無罪豈有天子殺無罪而不得罪於天者王失其道塗之人皆敵國也天下豪傑其可勝旣乎漢景帝以鞅鞅而殺周亞夫曹操以重名而殺孔融晉武帝以臥龍而殺嵇康晉景帝亦以重名而殺夏侯玄宋明帝以族大而殺王彧齊後主以謠言而殺斛律光唐太宗以讖而殺李君羨武后亦以謠言而殺裴炎世皆以爲非也此八人者當時之

頓挫

引事未已又引事妙妙

又多出一證佐

以八人不殺為盛德然盛德自盛德敗亡自敗亡事不相蒙而意實相生判得甚透

慮豈非憂國備亂與憂元海祿山者同乎久矣世之以成敗爲是非也故夫嗜殺人者必以鄧侯不殺楚子爲口實以鄧之微無故殺大國之君使楚人舉國而仇之其亡不愈速乎吾以謂爲天下如養生憂國備亂如服藥養生者不過慎起居飲食節聲色而已節慎在未病之前而服藥在已病之後今吾憂寒疾而先服烏喙憂熱疾而先服甘遂則病未作而藥殺人矣彼八人者皆未病而服藥者也

奇

子瞻悲亞夫以下八人不得其死故痛而發論

作經制文看得要領透則下筆自然省力省辭拈定不可敗與必勝二義寫來不患不滔滔

不獨用兵處事之道皆然

管仲論二

嘗讀周官司馬法得軍旅什伍之數其後讀管夷吾書又得管子所以變周之制蓋王者之兵出於不得已而非以求勝敵也故其爲法要以不可敗而已至於桓文非決勝無以定霸故其法在必勝繁而曲者所以爲不可敗也簡而直者所以爲必勝也周之制萬二千五百人而爲軍萬之有二千二千之有五百其數奇而不齊唯其奇而不齊是以知其繁且曲也今夫天度三百六十均之十二

辰辰得三十者此其正也五日四分之一者此其奇也使天度而無奇則千載之日雖婦人孺子皆可以坐而計唯其奇而不齊是故巧厯有所不能盡也聖人知其然故爲之章會統元以盡其數以極其變司馬法曰五人爲伍五伍爲兩萬二千五百人而爲軍二百五十十取三焉而爲奇其餘七以爲正四奇四正而八陣生焉夫以萬二千五百人而均之八陣之中宜其有奇而不齊者是以多爲之曲折以盡其數以極其變鉤聯蟠踞各有條

証佐

透語

又轉入管仲是古文接法

理故三代之興治其兵農軍賦皆數十百年而後得志於天下自周之亡秦漢陣法不復三代其後諸葛孔明獨識其遺制以爲可用以取天下然相持數歲魏人不敢決戰而孔明亦卒無尺寸之功豈八陣者先王所以爲不可敗而非以逐利爭勝者邪若夫管仲之制其兵可謂截然而易曉矣三分其國以爲三軍五人爲軌軌有長十軌爲里里有司四里爲連連有長十連爲鄉鄉有鄉良人五鄉一帥萬人爲一軍公將其一高子國子將其二

中生有

李廣不擊刁斗
士卒樂用或名
將合管子之意

三軍三萬人如貫繩如畫棊局疏暢洞達雖有智者無所施其巧故其法令簡一而民有餘力以致其死昔者嘗讀左氏春秋以爲丘明最好兵法蓋三代之制至於列國猶有存者以區區之鄭而魚麗鵝鸛之陣見於其書及至管仲相威公南伐楚北伐孤竹九合諸侯威震天下而其軍壘陣法不少槩見者何哉蓋管仲欲以歲月服天下故變古司馬法而爲是簡畧速勝之兵是以莫得而見其法也其後吳晉爭長於黃池王孫雄教夫差以三

萬人壓晉壘而陣百人爲行百行爲陣陣皆徹行無有隱蔽援桴而鼓之勇怯盡應三軍皆譁晉師大駭卒以得志由此觀之不簡而直不可以決勝深惟後世不達繁簡之宜以取敗亡而三代什伍之數與管子所以治齊之兵者雖不可盡用而其近於繁而曲者以之固守近於簡而直者以之決戰則庶乎其不可敗而有所必勝矣

蘇公以繁而曲爲守以簡而直爲決勝未盡兵之情

范文子論

蘇子曰料敵勢彊弱而知師之勝負此將率之能也不求一時之功愛君以德而全其宗嗣此社稷之臣也鄢陵之役范文子獨不欲戰晉卒敗楚范文子疑若儒而無謀者矣然不及一年三郤誅厲公弑胥童殺欒書中行偃幾不免於禍晉國大亂鄢陵之功實使之然也有非常之人然後有非常之功非常之功聖人所甚懼也明月之珠夜光之璧無因而至前匹夫猶或按劒而況非常之功乎

隻眼之論

曲而透

故聖人必自反曰此天之所以厚於我乎抑天之禍予也故雖有大功而不忘戒懼中常之主銳於立事忽於天戒日尋干戈而殘民以逞天欲全之則必折其萌芽挫其鋒芒使知其所悔天欲亡之則必先之以美利誘之以得志使之有功以驕士玩於寇讐而侮其民人至於亡國殺身而不悟者天絕之也嗚呼小民之家一朝而獲千金非有大福必有大咎何則彼之所獲者終日勤勞不過數金耳所得者微故所用狹無故而得千金豈不驕

其志喪其所守哉由是言之天下者得之艱難則失之不易得之既易則失之亦然漢高皇帝之得天下親冒矢石與秦楚爭轉戰五年未嘗得志比定天下復有平城之圍故終其身不事遠畧民亦不勞繼之文景不言兵唐大宗舉晉陽之師破竇建德虜王世充所過者下易於破竹然天下始定外攘四夷伐高昌破突厥終其身師旅不解幾至於亂者以其親見取天下之易也故兵之勝敗足以爲國之彊弱而國之彊弱足以爲治亂之兆葢

總斷

又拓開說

忽接入范文子無痕

有勝而亡有敗而興者矣會稽之棲而勾踐以伯黃池之會而夫差以亡有以使之也夫虢公敗戎于桑田晉卜偃知其必亡曰是天奪之鑒而益其疾也晉果滅虢此范文子所以不得不諫諫而不納而又有功敢逃其死哉彼其不死則厲公逞志必先圖於范氏趙盾之事可見矣趙盾雖免於死而不免於惡名則范文子之智過於趙宣子遠矣

就一轉作結

論用兵之勝而敗之處反覆痛快長公蓋亦鑒于當時熙河之役故云

引証却好

范蠡論

蘇子曰范蠡獨知相其君而已以吾相蠡蠡亦鳥
喙也夫好貨天下賤士也以蠡之賢豈聚斂積實
者何至耕於海濱父子力作以營千金屢散而復
積此何爲者哉豈非才有餘而道不足故功成名
遂身退而心終不能自放者乎使勾踐有大度能
始終用蠡蠡亦非清淨無爲以老於越者也吾故
曰蠡亦鳥喙也魯仲連既退秦軍平原君欲封連
以千金爲壽笑曰所貴於天下士者爲人排難解

此處又放一步

紛而無所取也卽有取是商賈之事連不忍爲也遂去終身不復見逃隱於海上曰吾與富貴而詘於人寧貧賤而輕世肆志焉使范蠡之去如仲連則去聖人不遠矣嗚呼春秋以來用捨進退未有如蠡之全者也而不足於此吾是以累歎而深悲焉

文如酷吏雖蠡亦何辭

伍子胥論

蘇子曰子胥種蠡皆人傑而楊雄曲士也欲以區區之學瑕玼此三人者以三諫不去鞭尸藉館爲子胥之罪以不彊諫勾踐而棲之會稽爲種蠡之過雄聞古有三諫當去之説卽欲以律天下士豈不陋哉三諫而去爲人臣交淺者言也如宮之奇洩冶乃可耳至如子胥吳之宗臣與國存亡者也去將安往哉百諫不聽繼之以死可也孔子去魯未嘗一諫又安用三父受誅子復讎禮也生則斬

首死則鞭尸發其至痛無所擇也是以昔之君子皆哀而恕之雄獨非人子乎至於藉館闔閭與羣臣之罪非非子胥意也勾踐困於會稽乃能用二子若先戰而彊諫以死之則雄又當以子胥之罪罪之矣此皆兒童之見無足論者不忍三子之見誣故爲一言

行文好而未中孫武之病

透

孫武論一

古之言兵者無出於孫子矣利害之相權奇正之相生戰守攻圍之法葢以百數雖欲加之而不知所以加之矣然其所短者智有餘而未知其所以用智此豈非其所大闕歟夫兵無常形而逆爲之形勝無常處而多爲之地是以其說屢變而不同縱横委曲期於避害而就利雜然舉之而聽用者之自擇也是故不難于用而難于擇擇之爲難者何也銳于西而忘于東見其利而不見其所窮得

快甚

名言

近禪机

杜工部詩所謂不貪夜識金銀氣正此二句意

其一説而不知其又有一説也此豈非用智之難歟夫智本非所以教人以智而教人者是君子之急於有功也變詐汨其外而無守於其中則是五尺童子皆欲爲之使人勇而不自知貪而不顧以蹈于難則有之矣深山大澤有天地之寶無意於寶者得之操舟於河舟之逆順與水之曲折忘於水者見之是故惟天下之至廉爲能貪惟天下之至靜爲能勇惟天下之至信爲能詐何者不役於利也夫不役於利則其見之也明見之也明則其

發之也果古之善用兵者見其害而後見其利見其敗而後見其成其心閒而無事是以若此明也不然兵未交而先志於得則將臨事而惑雖有大利尚安得而見之若夫聖人則不然居天下於貪而自居於廉故天下之貪者皆可得而用居天下於勇而自居於靜故天下之勇者皆可得而役居天下於詐而自居於信故天下之詐者皆可得而使天下之人欲有功於此而即以此自居則功不可得而成是故君子居晦以御明則明者畢見居

陰以御陽則陽者畢赴夫然後孫子之智可得而用也易曰介於石不終日貞吉君子方其未發也介然如石之堅若將終身焉者及其發也不終日而作故曰不役於利則其見之也明見之也明則其發之也果今夫世俗之論則不然曰兵者詭道也非貪無以取非勇無以得非詐無以成廉靜而信者無用於兵者也嗟夫世俗之說行則天下紛紛乎如鳥獸之相搏嬰兒之相擊强者傷弱者廢而天下之亂何從而已乎

論一人必身處一人之前論一事必眼出一事之外如子瞻此等文是也

此篇是借題説自家議論意奇

總提後分解

孫武論二

夫武戰國之將也。知爲吴慮而已矣。是故以將用之則可。以君用之則不可。今其書十三篇。小至部曲營壘芻糧器械之間。而大不過於攻城拔國用間之際。蓋亦盡於此矣。天子之兵。天下之勢。武未及也。其書曰。將能而君不御者勝。爲君而言者有此而已。竊以爲天子之兵。莫大於御將。天下之勢。莫大於使天下樂戰而不好戰。夫天下之患。不在於寇賊。亦不在於敵國。患在於將帥之不力。而以

名言

寇賊敵國之勢内邀其君是故將帥多而敵國愈彊兵加而寇賊愈堅敵國愈彊而寇賊愈堅則將帥之權愈重將帥之權愈重則爵賞不得不加夫如此則是盜賊爲君之患而將帥利之敵國爲君之讐而將帥幸之舉百倍之勢而立毫芒之功以藉其口而邀利於其上如此而天下不亡者特有所待耳昔唐之亂始於明皇自肅宗復兩京而不能乘勝并力盡取河北之盜德宗收潞博幾定魏地而不能斬田悅於孤窮之中至於憲宗天下畧

唐之藩鎮似此

此御將之術處

觀此過語大悟

平矣而其餘孽之存者終不能盡去夫唐之所以屢與而終莫之振者何也將帥之臣養寇以自封也故曰天子之兵莫大於御將御將之術開之以其所利而授之以其所忌如良醫之用藥烏喙蝮蝎皆得自效於前而不敢肆其毒何者授之以其所畏也憲宗將討劉闢以爲非高崇文則莫可用而劉澭者崇文之所忌也故告之曰闢之不克將澭實汝代是以崇文決戰不旋踵擒劉闢此天子御將之法也夫使天下樂戰而不好戰者何也天

作文之法從韓非子來

古人藉題目以發議論讀之可聽其實秦之亡不關於民之好戰也子瞻諸論多是如此

下不樂戰則不可與從事於危好戰則不可與從事於安昔秦人之法使吏士自爲戰戰勝而利歸於民所得於敵者卽以有之使民之所以養生送死者非殺敵無由取也故其民以好戰幷天下而亦以亡夫始皇雖巳墮名城殺豪傑銷鋒鏑而民之好戰之心囂然其未巳也是故不可與休息而至於亡若夫王者之民要在於使之知愛其上而讐其敵使之知其上之所以驅之於戰者凡皆以爲我也是以樂其戰而甘其死至於其戰也務勝

今之士氣亦有似此者

其審勢落筆皆有一段机買于其中而氣貶乎其外

敵而不務得財其賞也發公室而行之於廟使其利不在於殺人是故其民不志於好戰夫然後可以作之於安居之中而休之於爭奪之際可與安可與危而不可與亂此天下之勢也

霸者之論自是刺骨

入骨之見

以宋襄徐偃譬

蘇文忠公論選卷之八

歸安鹿門茅坤
景陵伯敬鍾惺　批評

樂毅論

自知其可以王而王者，三王也；自知其不可以王而霸者，五霸也。或者之論曰：圖王不成，其弊猶可以霸。嗚呼！使齊桓、晉文而行湯武之事，將求亡之不暇，雖欲霸可得乎？夫王道者，不可以小用也，大用則王，小用則亡。昔者齊偃王、宋襄公嘗行仁義

高軼似之

樂毅破的之射也

以范張二人作案

范蠡留侯本骨着佐

矣然終以亡其身喪其國者何哉其所施者未足以克其所求也故夫有可以得天下之道而無取天下之心乃可與言王矣范蠡留侯雖非湯武之佐然亦可謂剛毅果敢卓然不惑而能有所必爲者也觀吳王困於姑蘇之上而求哀請命於勾踐勾踐欲赦之彼范蠡者獨以爲不可援桴進兵卒刎其頸項籍之解而東高帝亦欲罷兵歸國留侯諫曰此天亡也急擊勿失此二人者以爲區區之仁義不足以易吾之大計也嗟夫樂毅戰國之雄

刻骨

道前人所不到

洞悉事情

未知大道而竊嘗聞之則足以亡其身而已矣論者以爲燕惠王不肯用反間以騎劫代將卒走樂生此其所以無成者出於不幸而非用兵之罪然當時使昭王尚在反間不得行樂毅終亦必敗何者燕之并齊非秦楚三晉之利今以百萬之師攻兩城之殘寇而數歲不决師老於外此必有乘其虚者矣諸侯乘之於内齊擊之於外當此時雖太公穰苴不能無敗然樂毅以百倍之衆數歲而不能下兩城者非其智力不足蓋欲以仁義服齊之

原獄情

挨轉

結案

霸道則然

民故不忍急攻而至於此也夫以齊人苦湣王之强暴樂毅苟退而休兵治其政令寬其賦役反其田里安其老幼使齊人無復鬬志則田單者獨誰與戰哉奈何以百萬之師相持而不决此固所以使齊人得徐而爲之謀也當戰國時兵疆相吞者豈獨在我以燕齊之衆壓其城而急攻之可滅此而後食其誰曰不可嗚呼欲王則王不王則審所處無使兩失焉而爲天下笑也

總結

樂毅去趙後累數十年其子與孫仍名不滅而漢高帝之興猶向往之大略毅之風度亦似可傾動天下者故其餘風不衰

罪史遷而商君之罪案不可解

商君論

蘇子曰此皆戰國之游士邪說詭論而司馬遷闇於大道取以爲史吾嘗以爲遷有大罪二其先黄老後六經退處士進姦雄蓋其少小者耳所謂大罪二則論商鞅桑弘羊之功也自漢以來學者耻言商鞅桑弘羊而世主獨甘心焉皆陽諱其名而陰用其實甚者則名實皆宗之庶幾其成功此則司馬遷之罪也秦固天下之彊國而孝公亦有志之君也修其政刑十年不爲聲色畋游之所敗雖

痛快直截

微商鞅有不富彊乎秦之所以富彊者孝公務本力穡之效非鞅流血刻骨之功也而秦之所以見疾於民如豺狼毒藥一夫作難而子孫無遺種則鞅實使之至於桑弘羊斗筲之才穿窬之智無足言者而遷稱之曰不加賦而上用足善乎司馬光之言也曰天下安有此理天地所生財貨百物止有此數不在民則在官譬如雨澤夏澇則秋旱不加賦而上用足不過設法陰奪其民其害甚於加賦也二子之名在天下者如蛆蠅糞穢也言之則

譬切

汚口舌書之則汚簡牘二子之術用於世者滅國殘民覆族亡軀者相踵也而世主獨甘心焉何哉樂其言之便巳也夫堯舜禹世主之父師也諫臣拂士世主之藥石也恭敬慈儉勤勞憂畏世主之繩約也今使世主日臨父師而親藥石履繩約非其所樂也故爲商鞅桑弘羊之術者必先鄙堯笑舜而陋禹也曰所謂賢王者專以天下適巳而巳此世主之所以人人甘心而不悟也世有食鍾乳烏喙而縱酒色以求長年者蓋始於何晏晏少而

化俗爲雅

富貴故服寒食散以濟其欲無足怪者彼其所爲足以殺身滅族者日相繼也得死於寒食散豈不幸哉而吾獨何爲效之世之服寒食散疽背嘔血者相踵也用商鞅桑弘羊之術破國亡宗者皆是也然而終不悟者樂其言之美便而忘其禍之憯烈也

多名言

一篇主意

戰國任俠論

蘇子曰此先王之所不能免也國之有姦也猶鳥獸之有猛鷙昆蟲之有毒螫也區處條理使各安其處則有之矣鋤而盡去之則無是道也吾考之世變知六國之所以久存而秦之所以速亡者蓋出於此不可以不察也夫智勇辯力此四者皆天民之秀傑者也類不能惡衣食以養人皆役人以自養者也故先王分天下之富貴與此四者共之此四者不失職則民靖矣四者雖異先王因俗設

倒黃河之水

大段整

雖不盡然二語是論事之法

法使出於一三代以上出於學戰國至秦出於客漢以後出於郡縣吏魏晉以來出於九品中正隋唐至今出於科舉雖不盡然取其多者論之六國之君虐用其民不減始皇二世然當是時百姓無一人叛者以凡民之秀傑者多以客養之不失職也其力耕以奉上皆椎魯無能爲者雖欲怨叛而莫爲之先此其所以少安而不卽亡也始皇初欲逐客用李斯之言而止既幷天下則以客爲無用於是任法而不任人謂民可以恃法而治謂吏不

透

以感慨情事行議論

四公子餘風

必才取能守吾法而已故墮名城殺豪傑民之秀異者散而歸田畝向之食於四公子呂不韋之徒者皆安歸哉不知其能槁項黄馘以老死於布褐乎抑將輟耕太息以俟時也秦之亂雖成於二世然使始皇知畏此四人者有以處之使不失職秦之亡不至若是速也縱百萬虎狼於山林而饑渴之不知其將噬人世以始皇爲智吾不信也楚漢之禍生民盡矣豪傑宜無幾而代相陳豨從車千乘蕭曹爲政莫之禁也至文景武之世法令至密

諸君亦以賓客賈禍

收得濶宕論事之文將古今全利害前後總算一過小小拘礙自不能犯其筆端○看得寬寫来切

然吳濞淮南梁王魏其武安之流皆爭致賓客世主不問也豈懲秦之禍以爲爵祿不能盡縻天下士故少寬之使得或出於此也邪若夫先王之政則不然曰君子學道則愛人小人學道則易使也嗚呼此豈秦漢之所及也哉

我謂唐末之靡勳五代之樊若水皆客游類

范增論

蘇子曰增之去善矣不去羽必殺增獨恨其不蚤耳然則當以何事去增勸羽殺沛公羽不聽終以此失天下當於是去耶曰否增之欲殺沛公人臣之分也羽之不殺猶有人君之度也增曷爲以此去哉易曰知幾其神乎詩曰相彼雨雪先集維霰增之去當於羽殺卿子冠軍時也陳涉之得民也以項燕扶蘇項氏之興也以立楚懷王孫心而諸侯叛之也以弒義帝且義帝之立增爲謀主矣義

議有根

推見至隱一一透入骨

轉處拓開去說

此段應弑帝之兆

帝之存亡豈獨爲楚之盛衰亦增之所與同禍福也未有義帝亡而增獨能久存者也羽之殺卿子冠軍也是弒義帝之兆也其弒義帝則疑增之本也豈必待陳平哉物必先腐也而後蟲生之人必先疑也而後讒入之陳平雖智安能間無疑之主哉吾嘗論義帝天下之賢主也獨遣沛公入關而不遣項羽識卿子冠軍於稠人之中而擢以爲上將不賢而能如是乎羽旣矯殺卿子冠軍義帝必不能堪非羽弒帝則帝殺羽不待智者而後知也

痛快

此段應疑增之本 有處分 說得倒 结好

增始勸項梁立義帝諸侯以此服從中道而弑之非增之意也夫豈獨非其意將必力爭而不聽也不用其言而殺其所立羽之疑增必自是始矣方羽殺卿子冠軍增與羽比肩而事義帝君臣之分未定也爲增計者力能誅羽則誅之不能則去之豈不毅然大丈夫也哉增年已七十合則留不合則去不以此時明去就之分而欲依羽以成功陋矣雖然增高帝之所畏也增不去項羽不亡嗚呼增亦人傑也哉

增之罪案一〻刺骨

正論

將無作有

空中下拳

留侯論

古之所謂豪傑之士者必有過人之節人情有所不能忍者匹夫見辱拔劍而起挺身而鬬此不足爲勇也天下有大勇者卒然臨之而不驚無故加之而不怒此其所挾持者甚大而其志甚遠也夫子房受書於圯上之老人也其事甚怪然亦安知其非秦之世有隱君子者出而試之觀其所以微見其意者皆聖賢相與警戒之義世不察以爲鬼物亦已過矣且其意不在書當韓之亡秦之方盛

子房見之亦當心服

也以刀鋸鼎鑊待天下之士其平居無罪夷滅者不可勝數雖有賁育無所復施夫持法太急者其鋒不可犯而其勢未可乘子房不忍忿忿之心以匹夫之力而逞於一擊之間當此之時子房之不死者其間不能容髮蓋亦已危矣千金之子不死於盜賊何者其身之可愛而盜賊之不足以死也子房以蓋世之才不為伊尹太公之謀而特出於荆軻聶政之計以僥倖於不死此圯上之老人所為深惜者也是故倨傲鮮腆而深折之彼其能有

抑

又提前語重發明之

總露正意極精神極蕩漾又空中一拳

所忍也然後可以就大事故曰孺子可教也楚莊王伐鄭鄭伯肉袒牽羊以逆莊王曰其君能下人必能信用其民矣遂舍之勾踐之困於會稽而歸臣妾於吳者三年而不倦且夫有報人之志而不能下人者是匹夫之剛也夫老人者以爲子房才有餘而憂其度量之不足故深折其少年剛鋭之氣使之忍小忿而就大謀何則非有平生之素卒然相遇於草野之間而命以僕妾之役油然而不怪者此固秦皇帝之所不能驚而項籍之所不能

萬派飛流注在一壑

又空中一拳

結極奇而冷

怒也觀夫高帝之所以勝而項籍之所以敗者在能忍與不能忍之間而已矣（巨眼）項籍惟不能忍是以百戰百勝而輕用其鋒高祖忍之養其全鋒而待（見子房用處）其弊此子房教之也（結奇）當淮陰破齊而欲自王高祖發怒見於辭色由此觀之猶有剛彊不忍之氣非子房其誰全之太史公疑子房以爲魁梧奇偉而其狀貌乃如婦人女子不稱其志氣嗚呼此其所以爲子房歟

此文只是一意反覆滾滾議論然子瞻胸中見解亦本黃老來也

賈誼論

非才之難，所以自用者實難。惜乎賈生王者之佐，而不能自用其才也。夫君子之所取者遠，則必有所待；所就者大，則必有所忍。古之賢人，皆有可致之才，而卒不能行其萬一者，未必皆其時君之罪，或者其自取也。愚觀賈生之論，如其所言，雖三代何以遠過？得君如漢文，猶且以不用死。然則是天下無堯舜，終不可以有所爲耶？仲尼聖人，歴試於天下，苟非大無道之國，皆欲勉彊扶持，庶幾一日

蘇文忠公論選　卷八　十一

得行其道將之荆先之以子夏申之以冉有君子之欲得其君如此其勤也孟子去齊三宿而後出晝猶曰王改庶幾召我君子之不忍棄其君如此其厚也公孫丑問曰夫子何爲不豫孟子曰方今天下舍我其誰哉而吾何爲不豫君子之愛其身如此其至也夫如此而不用然後知天下之果不足與有爲而可以無憾矣若賈生者非漢文之不用生生之不能用漢文也夫絳侯親握天子璽而授之文帝灌嬰連兵數十萬以決劉呂之雄雌又

過下無限悲慨而切中

皆高帝之舊將此其君臣相得之分豈特父子骨肉手足哉賈生洛陽之少年欲使其一朝之間盡棄其舊而謀其新亦已難矣爲賈生者上得其君

應欲得其君

下得其大臣如絳灌之屬優游浸漬而深交之使天子不疑大臣不忌然後舉天下而惟吾之所欲爲不過十年可以得志安有立談之間而遽爲人痛哭哉觀其過湘爲賦以弔屈原悲鬱憤悶趯然有遠舉之志其後卒以自傷哭泣至於夭絶是亦不善處窮者也夫謀之一不見用安知終不復用

應愛其身

忽又歸過于君

也不知默默以待其變而自殘至此嗚呼賈生志大而量小才有餘而識不足也古之人有高世之才必有遺俗之累是故非聰明睿哲不惑之主則不能全其用古今稱苻堅得王猛於草茅之中一朝盡斥去其舊臣而與之謀彼其匹夫畧有天下之半以此哉愚深悲賈生之志故備論之亦使人君得如賈誼之臣則知其有狷介之操一不見用則憂傷病沮不能復振而爲賈生者亦愼其所發哉

細觀此文子瞻高於賈生一格

竹錯之不自將而爲居守處尋一破綻作讞論却好

一句一句暗伏攻

鼂錯論

天下之患最不可爲者名爲治平無事而其實有不測之憂坐觀其變而不爲之所則恐至於不可救起而强爲之則天下狃於治平之安而不吾信唯仁人君子豪傑之士爲能出身爲天下犯大難以求成大功此固非勉强朞月之間而苟以求名者之所能也天下治平無故而發大難之端吾發之吾能收之然後能免難於天下事至而循循焉欲去之使他人任其責則天下之禍必集於我昔

擊鼂錯之病

者鼂錯盡忠爲漢謀弱山東之諸侯諸侯並起以誅錯爲名而天子不察以錯爲説天下悲錯之以忠而受禍而不知錯之有以取之也古之立大事者不唯有超世之才亦必有堅忍不拔之志昔禹之治水鑿龍門決大河而放之海方其功之未成也葢亦有潰冒衝突可畏之患惟能前知其當然事至不懼而徐爲之所是以得至於成功夫以七國之彊而驟削之其爲變豈足怪哉錯不於此時捐其身爲天下當大難之衝而制吳楚之命乃爲

文章須有此一

自全之計欲使天子自將而已居守且夫發七國之難者誰乎已欲求其名安所逃其患以自將之至危與居守之至安已爲難首擇其至安而遺天子以其至危此忠臣義士所以憤惋而不平者也當此之時雖無袁盎錯亦未免於禍何者已欲居守而使人主自將以情而言天子固已難之矣而重違其議是以袁盎之說得行於其間使吳楚反錯以身任其危日夜淬礪東向而待之使不至於累其君則天子將恃之以爲無恐雖有百袁盎可

蘇文忠公論選卷八

一做手方好

結宕

得而間哉。嗟夫。世之君子。欲求非常之功。則無務爲自全之計。使錯自將而擊吴楚。未必無功。唯其欲自固其身。而天子不悅。奸臣得以乘其隙。錯之所以自全者。乃其所以自禍歟。

只喚一醒

錯之誤〻在於舊有怨于盎而欲借吴之反以誅之此所謂自發殺機也鬼瞰其室矣何者以錯之學本刑名故也

霍光論

古之人惟漢武帝號知人。蓋其平生所用文武將帥。郡國邊鄙之臣。左右侍從。陰陽律歷博學之士。以至錢穀小吏。治刑獄。使絕域者。莫不獲盡其才。而各當其處。然猶有所試。其功效著見天下之所共知而信者。至於霍光。先無尺寸之功。而才氣數術又非有以大過於羣臣。而武帝擢之於稠人之中。付以天下後世之事。而霍光又能忘身。一心以輔幼主。處於廢立之際。其舉措甚閑而不亂。此其

樓古今傳記尋此兩人影渹恰好

故何也夫欲有所立於天下擊搏進取以求非常之功者則必有卓然可見之才而後可以有望於其成至於捍社稷託幼子此其難者不在乎才而在乎節不在乎節而在乎氣天下固有能辨其事者矣然才高而位重則有僥倖之心以一時之功而易萬世之患故曰不在乎才而在乎節古之人有失之者司馬仲達是也天下亦有忠義之士可託以死生之間而不忍負者矣然猶介廉潔不爲不義則輕死而無謀能殺其身而不能全其國故

名言

亦是深一層之言

曰不在乎節而在乎氣古之人有失之者晉荀息是也夫霍光者才不足而氣節有餘此武帝之所爲取也書曰如有一个臣斷斷兮無他技其心休休焉其如有容人之有技若巳有之人之彥聖其心好之不啻若自其口出寔能容之以保我子孫黎民嗟夫此霍光之謂歟使霍光而有他技則其心安能休休焉容天下之才而樂天下之彥聖不忌不克若自巳出哉才者爭之端也夫惟聖人在上驅天下之人各走其職而爭用其所長苟以人

臣之勢而居於廊廟之上以捍衛幼冲之君而以區區之才與天下爭能則姦臣小人有以乘其隙而奪其權矣霍光以匹夫之微而操生殺之柄威蓋人主而貴震於天下其所以歷事三主而終其身天下莫與爭者以其無他技而武帝亦以此取之歟

光總只是一箇凝重故幹了大事

行文好而以闇疏丕植為謀終似畫餅

諸葛亮論

取之以仁義守之以仁義者周也取之以詐力守之以詐力者秦也以秦之所以取取之以周之所以守守之者漢也仁義詐力雜用以取天下者此孔明之所以失也曹操因衰乘危得逞其奸孔明恥之欲信大義於天下當此時曹公威震四海東據許兖南牧荆豫孔明之所恃以勝之者獨以其區區之忠信有以激天下之心耳夫天下廉隅節槩慷慨死義之士固非心服曹氏也特以威劫而

揚

孔明心服

强臣之聞孔明之風宜其千里之外有響應者如此則雖無措足之地而天下固爲之用矣且夫殺一不義而得天下有所不爲而後天下忠臣義士樂爲之死劉表之喪先主在荆州孔明欲襲殺其孤先主不忍也其後劉璋以好逆之至蜀不數月扼其吭拊其背而奪之國此其與曹操異者幾希矣曹劉之不敵天下之所知也言兵不若曹操之多言地不若曹操之廣言戰不若曹操之能而有以一勝之者區區之忠信也孔明遷劉璋既已失

此一着雖似有本末但植于是時特以詩文沉酣耳原無與丕爭立之志

天下義士之望乃始治兵振旅爲仁義之師東向長驅而欲天下響應葢已難矣曹操既死子丕代立當此之時可以計破也何者操之臨終召丕而屬之植未嘗不以譚尚爲戒也而丕與植終於相殘如此此其父子兄弟且爲寇讐而况能以得天下英雄之心哉此有可閒之勢不過捐數十萬金使其大臣骨肉内自相殘然後舉兵而伐之此高祖所以滅項籍也孔明既不能全其信義以服天下之心又不能奮其智謀以絕曹氏之手足宜其

總

屢戰而屢却哉故夫敵有可間之勢而不間者湯武行之爲失義非湯武而行之爲失機此仁人君子之大患也呂温以爲孔明承桓靈之後不可彊民以思漢欲其播告天下之民且曰曹氏利汝吾事之害汝吾誅之不知蜀之與魏果有以大過之乎苟無以大過之而又决不能事魏則天下安肯以空言竦動哉嗚呼此書生之論可言而不可用也